BÉBÉ

La rencontre
Dirigée par Anne Bourguignon

La rencontre est une histoire qui nous appartient.

Olivier Rasimi

BÉBÉ

arléa
16, rue de l'Odéon, 75006 Paris
www.arlea.fr

DU MÊME AUTEUR

Cocteau sur le rivage, Arléa, 2019

Le Silence de la chair, Le Passage, 2014

ISSN 2491-8261
EAN 9782363082718

Pour Romane et Théo
qui aiment encore les contes de fées

On vit dans autrui, rarement dans soi-même.

Stanislas Leszczynski,
roi de Pologne, duc de Lorraine et de Bar

La peau de l'automate

Pour une qui meurt, il y en a deux qui naissent. Ou dix peut-être. On a beau les écraser du pied, il en revient sans cesse. Seul le feu pourrait gagner la bataille. Mais les jardiniers ne savent pas y faire, leurs quelques fagots, ils les enflamment en hiver – et l'été, tout est à recommencer. La fourmilière a même grandi depuis l'an passé, avec ses soixante centimètres elle est presque aussi haute que Nicolas. Il vient d'y planter un bâton et c'est le branle-bas de combat chez le petit peuple des fourmis. Comme une toison vivante ondulant sur le tertre. Le bâton en est déjà tout velu. Nicolas s'écarte prudemment et contemple son œuvre. Les fourmis sont gens très disciplinés, et dès demain la branche aura été ôtée. On raconte qu'elles peuvent dévorer un homme en quelques heures. Sans doute ne feraient-elles qu'une bouchée d'un nain comme lui. L'une d'elles s'est égarée sur sa main, il la saisit au moment où elle va glisser sous sa manche. Ses petites antennes s'agitent au soleil. Que vais-je faire de toi ? Un rouge-gorge piaille dans le bosquet.

Quelqu'un appelle au loin : « Bébé ! Bébé ! »

Nicolas reconnaît la voix de Montauban, son serviteur attitré. Il presse entre ses doigts le corps de la fourmi qui craque. À vous revoir au ciel, fourmi ! Puis il sort du bosquet et rejoint le laquais.

Adélaïde et Victoire viennent d'arriver au château de Lunéville. Pour accueillir les filles du roi Louis XV, Stanislas Leszczynski, leur grand-père, a envoyé un char monté d'une Diane et de douze nymphes à demi nues, suivi d'une meute conduite par des piqueurs donnant du cor. Puis une troupe de quatre-vingts cadets en uniforme de chevau-léger avait escorté le carrosse des princesses jusqu'à la ville au son des trompettes et des timbales. Nicolas les avait vus entrer. Les cadets avaient fière allure, moins cependant que le régiment de grenadiers qui avait pris le relais. Toutes les maisons étaient pavoisées, le peuple, qui se contente de peu, criait sa joie au passage de Mesdames. Stanislas les aime tendrement, comme il aime tous les enfants nés de sa très chère fille Marie Leszczynska auprès de laquelle il se rend une fois l'an, à Versailles.

À l'occasion de leur visite, on a fait construire sur la place du château un arc de triomphe d'une hauteur à donner le vertige avec peintes, sur la voûte, une figure colossale de Bacchus, et des fontaines de vin de chaque côté du portique. Nicolas le contourne, traverse l'esplanade puis remonte l'allée en direction du pavillon de la Cascade où Stanislas, en grande tenue de roi de Pologne, duc de Lorraine et de Bar, donne à dîner aux princesses et aux dames de leur suite et de la cour. Une fatigue passagère l'empêche d'aller de ce bon pas d'autrefois quand il filait comme l'éclair, sautait au-dessus des ruisseaux. Les préparatifs de la fête qui durent depuis une semaine ont remué le château de fond en comble, troublé le sommeil de Nicolas, ses habitudes et ses repas. C'est qu'il n'a plus vingt ans, ou plutôt si, il les a, mais bien comptés, triplés si l'on peut dire car les nains ne tiennent pas le même calcul des jours et des nuits que le commun des mortels. On doit y ajouter le poids d'éternité que chaque seconde égrène, en retrancher celles perdues en insouciance et en jeux, ce qui, au bout du compte, vous fait paraître plus jeune que vous êtes.

Le pavillon s'étage sur trois terrasses reliées par un double escalier encadrant des cascades animées de nombreux jets d'eau et de statues. Il faut grimper toutes les marches avec ces petites jambes qui ne trottent plus bien, par cette chaleur d'août qui n'arrange pas les choses. L'eau rafraîchit les yeux, c'est entendu, et les mousses aux rochers donnent envie de s'allonger et de boire. Un grand verre d'eau fraîche ou de limonade serait le bienvenu. Déjà la musique d'une pastorale lui parvient de loin, on a laissé les fenêtres ouvertes, Nicolas s'approche, le sieur Boyard, maître d'hôtel de la cour, s'agite au milieu d'un escadron de laquais aux bras chargés de plats et d'assiettes. Les cuisiniers se sont surpassés, Richard et Treno en galantines, pâtés, salmigondis, friands, le sieur Gilliers en compotes, salades, pains d'épices et pralines. Nicolas n'a pas faim, la parade qu'il aura à conduire tantôt lui noue l'estomac. Mais l'appétit vient en voyant. Et il a grand soif. Il se faufile entre les jambes des valets, repère une carafe d'orgeat, s'en empare, au passage attrape un pain de nougat, personne ne fait attention à lui, le roi dîne entouré de ses petites-filles, les musiciens, cinquante au bas mot, s'escriment sur leurs instruments, les convives jabotent à tire-larigot, un laquais le bouscule, l'orgeat déborde mais peu importe, il se changera pour le défilé, il va droit devant lui, sort, se met à l'ombre et boit. L'orgeat est fameux, au lait d'amandes douces et amères que Gilliers délaye d'eau de fleur d'oranger. La carafe y passe en entier, à en mourir ou presque. Le pain de nougat en revanche est trop dur pour le peu de dents qui lui reste et il le jette dans un fourré, cela fera le bonheur des merles et des verdiers. Le bruit des cascades se mêle au chant des oiseaux, le soleil ruisselle entre les feuilles des arbres, Nicolas s'allonge dans l'herbe et s'assoupit.

Lorsqu'il se réveille, la cour a quitté le pavillon et se presse à l'entrée de l'allée qui mène au Grand Canal que borde une foule immense. Un vaisseau a commencé sa manœuvre. Des matelots et des matelotes en descendent deux à deux, marchant en cadence, les matelots avec une rame sur l'épaule et une pipe en bouche, les matelotes guirlandes de fleurs en main. Les garçons sont en habit jaune relevé de noir, galonné sur toutes les coutures, et les filles en corset de taffetas citron, les manches boutonnées de dentelle de soie écrue, le jupon en mousseline, et coiffées d'un chapeau délicieux orné de ruban bleu. La petite troupe se met en rang et débute un ballet en remontant l'allée et, arrivée devant la cour, trois matelotes s'en détachent pour faire leur compliment aux princesses en offrant à chacune une rame d'or et d'azur. Puis, après avoir eu l'honneur de baiser leur main, elles se retirent en rougissant.

Nicolas n'a pas le temps d'assister à la suite du ballet, le temps de sa parade approche, et si les costumes charment l'œil la danse, elle, est particulièrement ridicule. On aurait mieux fait de lui demander son avis. C'est le sieur Sister, premier valet de Stanislas, qui apparemment a organisé cette mascarade. Le roi lui tend sa main que cet idiot embrasse. La vanité humaine n'a vraiment aucune limite.

De retour dans sa chambre, Nicolas retrouve Montauban. Montauban est grand et fort avec des mains immenses, dévoué, gourmand, ce qui est sa plus grande vertu, parlant peu mais comprenant tout, et toujours prêt à rendre service contre quelques pièces d'argent, ce qui est sa seconde vertu. Son seul défaut est de tomber amoureux des nouvelles femmes de chambre. Ses yeux roulent alors dans sa tête, ses grandes mains s'agitent, et son service s'en ressent. Pour bien voir un défaut dans autrui, comme dit Stan, il n'en faut pas avoir un semblable. Nicolas n'est jamais tombé amoureux, sauf une fois, disons une fois et demie, et cela lui a suffi à comprendre son malheur. L'amour est le pire des maux qu'un mortel puisse souffrir. Grâce à Dieu, les nains en sont dispensés, du moins pour la majorité d'entre eux.

Montauban apporte l'uniforme de capitaine qu'il a brossé avec soin. Veste et culotte bleu de roi, boutons de drap blanc, poches en travers et doublure écarlate, collet de même couleur, épaulettes de laine blanche, galons bordés d'argent et enfin chapeau tricorne bordé de poil de chèvre. Tout y est. Nicolas passe l'uniforme, fait quelques pas, la veste le serre un peu aux épaules mais il faut cela pour maintenir le buste haut. Il se regarde dans le miroir, de face, de profil, son image vaut bien une de ces aquarelles que monsieur de Carmontelle avait montrées au roi lors de son passage au château. La silhouette est parfaite, comme découpée dans un livre d'histoire, à même la gloire, Nicolas s'en trouve tout ragaillardi, fin prêt pour la parade. N'est-ce pas, Montauban, que je suis beau et fier en habit bleu de grenadier ! Le laquais se met au garde-à-vous et pousse son bon gros rire de forge.

Les troupes sont réunies derrière les grilles du château en trois groupes distincts, l'infanterie, la cavalerie bourgeoise et les grenadiers qui constitueront le clou du défilé. Alliot, l'intendant du roi, est en train de leur donner les dernières consignes. Un sourd chahut roule entre les bataillons, il fait très chaud et l'heure tourne, Mesdames doivent se rendre aux vêpres de quatre heures. Nicolas se place à la tête des grenadiers. Les soldats le regardent de haut. Il a l'habitude. Les pauvres diables, dont beaucoup ont déjà eu la joie de visiter les champs de bataille, n'ont guère coutume d'une telle mascotte ni de régler leur pas sur plus petit que soi. Comme s'il fallait monter à la bataille à grandes enjambées. Trois petits pas suffisent pour approcher l'éternité. Le capitaine des grenadiers vérifie le rang de ses hommes, le cortège s'ébranle, Nicolas tire son épée, garde au col, attend que la cavalerie prenne un peu de distance, puis il se met en marche, les géants à sa suite.

En arrivant sur la place du château autour de laquelle les villageois se sont attroupés, Nicolas fait bien attention d'éviter sur son chemin le crottin que les chevaux ne peuvent s'empêcher de lâcher car ces bêtes sont très émotives et stupides. Nicolas n'a jamais bien compris la passion qu'on peut porter à de tels animaux qui ne pensent qu'à brouter, filer à l'écurie et donner des coups de sabot dès qu'on passe derrière eux. Il leur préfère ses chèvres pour tirer son carrosse, elles sentent meilleur et sont plus douces. Les braves gens l'applaudissent au passage : c'est Bébé ! C'est Bébé qui mène les troupes ! Vive Bébé ! Ils s'égosillent à ravir, leurs enfants le montrent du doigt, le visage illuminé d'un grand sourire. Pour une fois qu'ils le voient de près, et en uniforme de grenadier qui plus est. Le régiment passe sous l'Arc de Triomphe, prend vers l'aile ouest du château où déjà, aux fenêtres de leurs chambres, face au Rocher des automates, on aperçoit Mesdames en compagnie de leur grand-père. Nicolas redresse un peu plus le nez, c'est qu'il a un bataillon à conduire, toute une traîne de géants bleus, lieutenants, majors et enseignes, au son des tambours et des fifres, dont les drapeaux claquent au vent, croix blanche aux armes de France, à quatre quartiers égaux, deux blancs semés de grenades bleues à flamme rouge, deux autres bleu azur semés de fleurs de lys d'or. La poussière fait danser la lumière, les princesses se penchent, reconnaissent Bébé, Victoire se met à battre des mains, et les grenadiers à chanter. « Chasse l'ennui, le chagrin, l'humeur noire. Être toujours joyeux, content. Savoir aimer, se battre, vaincre et boire. D'un grenadier, c'est le talent. » Nicolas remue les lèvres au hasard, il n'a pas retenu les paroles. La chaleur est suffocante. Le soleil lui ceinture le visage. Il tourne la tête vers les fenêtres d'où Stanislas lui adresse un sourire et un signe de la main. Les tambours battent, les fifres sonnent, le régiment contourne l'aile du château, Nicolas est épuisé, le bras ankylosé de tenir son épée. Dernier roulement de tambours, le bataillon se disloque. À une minute près, c'est Bébé qui s'effondrait. Il s'assoit sur une borne en pierre, les soldats rigolent dans son dos. Vous verrez quand vous aurez mon âge, pense-t-il, mille ans de bons et loyaux services, mille ans à amuser les empereurs et les rois, à satisfaire les courtisans, mille ans à célébrer le Peuple nain, ce qui fait trois mille ans, si on sait compter, trois mille ans de gloire et d'humiliation, de bonheur et de honte.

Nicolas regarde le bout de sa botte. Décidément ces bêtes lui en veulent, il a marché dans le crottin.

Le plus mauvais des personnages, c'est d'être vieux et de n'avoir ni jugement ni expérience, lui avait un jour expliqué le roi. Stan parlait sans doute pour lui-même. Après le défilé, Nicolas s'était présenté devant les princesses, Victoire l'avait caressé, elle appréciait sa compagnie au contraire d'Adélaïde dont le caractère plus emporté lui tirait toujours quelque grimace. Il n'avait pas eu la force de les suivre aux vêpres. D'ailleurs se mettre à genoux et prier ne convenait pas à un capitaine de grenadiers qui ne réclame jamais de Dieu que l'honneur de mourir en héros. On vit trop peu pour le long temps qu'on doit rester mort. Le soir, un feu d'artifice avait été tiré depuis la terrasse vis-à-vis des appartements de Mesdames. Sur une pyramide très haute, un feu chinois formait des mosaïques avec, au milieu, les noms des princesses et du roi, souligné de celui de Bienfaisant dont on le surnomme. Une couronne royale surplombait la pyramide. De chaque côté était figurée une cascade peinte d'où sortaient des feux imitant de manière fort réussie des jets et des nappes d'eau. En avant, sur des portiques de verdure en forme de fer à cheval, il y avait eu des explosions sans nombre de spirales chinoises, de soleils, d'étoiles, de croix de Malte et de moulinets à faire tourner la tête. Nicolas n'avait assisté qu'à la fin de l'artifice, surtout pour l'odeur de poudre. Les feux, à force, le lassaient, il leur préférait ceux, plus humbles, qui flambent dans les cheminées, ou mieux, les plus sauvages qui prenaient parfois dans le château, menaçant de tout détruire.

Il devait avoir treize ou quatorze ans, l'incendie avait ravagé en quelques heures tout le premier étage de l'aile de l'avant-cour. Des flammes immenses à la tombée du jour. Le soleil de février réduit à une simple chandelle. L'âcre odeur de mâchefer et de suie. Quatre ou cinq ans plus tard, il ne se rappelait plus bien, une partie de la toiture de l'aile sud-est était partie en fumée, cela avait fait comme un panache rougeoyant ponctué d'explosions joyeuses dont le ciel s'écartait de crainte de se brûler. Montauban et lui étaient sortis contempler ce spectacle étrange, et le laquais lui avait alors raconté le grand incendie survenu avant son arrivée, quand les appartements de Stanislas et une partie du corps central avaient été dévastés par des flammes si hautes, si impressionnantes qu'on avait cru que l'enfer s'invitait au château. Depuis, Nicolas espérait en voir un aussi beau, que tout brûle comme au jour du jugement, ou une bonne aile au moins, en tous les cas avec plus d'ardeur que ces feux chinois qu'on tire pour le plaisir. Une bougie vaut mieux, le doigt en traverse la flamme, sa chaleur vous pénètre jusqu'au cœur, l'amour rayonne dans votre poitrine. Et puis cela éclaire la nuit.

Le lendemain, les valets démontent pyramide et portiques, le soleil est encore plus cuisant que la veille, les jardiniers vont et viennent dans le parc, arrosant les massifs. Nicolas se réveille tout chiffonné de chaud, la peau collée à l'os. Montauban lui rappelle la visite au Rocher. Il est temps de se préparer. Le roi lui a demandé d'imaginer une petite surprise à faire à Mesdames pendant leur promenade. Quelque chose d'amusant dont Bébé a le secret.

Le Rocher des automates a été construit sur d'anciens marécages contre le mur de soutènement de la terrasse, en un grand rectangle ouvert au bord du Grand Canal. Nicolas en connaît tous les recoins, toutes les figures. Certaines sont devenues des amies au fil du temps. Les automates possèdent cet avantage sur les humains qu'ils approuvent toujours ce qu'on leur dit. Et quelle politesse, quelle précision dans le geste. Nicolas va les voir à la moindre occasion : une nouvelle veste de hussard que Stan lui a offerte, une confidence à faire, un chagrin à épancher. C'est qu'il faut un peu d'artifice pour se faire aimer car l'amitié seule n'inspire pas toujours de l'amitié. Les automates l'écoutent, et l'aiment. Aucun sang n'anime leurs mouvements mais de l'eau claire qui court partout dans le Rocher. On ouvre une ou deux vannes, et les voilà qui prennent vie, vous reconnaissent et vous saluent.

La meunière ouvre la fenêtre de son moulin, regarde un homme sur sa charrette, et se retire. Des moutons paissent sur le coteau près du berger à la musette. Une petite fille joue à la balançoire. Deux nouvellistes causent à la porte d'une maison où une femme donne le sein à son enfant. Un homme fume la pipe près d'une vieille à la quenouille. Puis viennent les scieurs de long et les charpentiers. La vie cliquette de toute part, calme, mécanique. Nicolas s'arrête devant son couple préféré. La fille tient un panier à la main, le garçon un baluchon sur la tête. Ils sont très amoureux. D'où leur silence, leurs gestes suspendus, leur immobilité, et les yeux dans les yeux qui en disent plus long que tous les beaux discours. On pourrait déposer dans le panier quelque fruit que les princesses découvriraient, une pomme bien rouge par exemple, ou une poignée de fraises. Elles les savoureraient en pensant à l'amour. Mais le temps manque pour les trouver.

À quelques mètres du couple, une cascade dévale le coteau. Une idée lui passe alors par la tête, une idée d'eau et de torrent. Mais non, même avec cette chaleur, cela leur tomberait tout froid sur le visage et souillerait leur corsage. Près de la cascade, des forgerons dans leur boutique martèlent en cadence une barre de fer d'où jaillissent des étincelles. Plus loin, c'est un rémouleur à sa meule, une femme qui bat son beurre, et deux lavandières à leur linge. Les outils tapent, grincent et claquent dans le murmure de l'eau. Nicolas se repose sur un banc. Ce monde est simple, bien réglé, on y passe son temps à rêver, Dieu n'y a pas créé les hommes, la vie s'écoule sans péché.

Près d'une fontaine, un ivrogne tambourine à la porte d'une maison, mais la maîtresse n'ouvre jamais. Au lieu de cela, elle lui jette par la fenêtre une potée d'eau sur la tête. La scène plaît à tout le monde. Nicolas a trouvé. Il se lève de son banc, va à la fontaine, ferme la vanne, en détourne la source et le goulet au sol. Deux cailloux pour diriger le jet, et le tour est joué. Ne reste plus qu'à attendre l'arrivée de Stan et des princesses. Il file devant deux soldats sous le balcon où la reine paraît avec les dames de sa cour et va se cacher dans la grotte de l'ermite. Un gros nuage masque le soleil. Le moine lève les bras au ciel. Personne ne peut le découvrir là où il est. Pas même le bon Dieu.

Pour la promenade avec Mesdames, Stanislas a pris Griffon. Le chien court devant eux, jappe au premier mouton, remue la queue, saute sur place comme une petite mécanique bien huilée. Ils font une première halte à côté de la fillette sur sa balançoire. Nicolas les observe, il lui suffirait de se jeter à l'eau et de traverser le canal pour les rejoindre mais il ne sait pas nager. Montauban a bien essayé de le lui apprendre, il n'y arrive pas, l'eau le saisit comme une qui veut le tuer. La seule eau qui lui convient est celle chaude du baquet, une fois la semaine.

Les princesses s'émerveillent devant chaque automate, les caressent du regard, touchent le bras de l'un, le panier de l'autre, s'approchent d'une vieille, reviennent en arrière pour compléter on ne sait quel détail qu'elles racontent à leur cher Papino. Nicolas commence à s'impatienter. Son moine n'en finit pas de soulever les bras, et il fait humide dans la grotte, on y pourrait rouiller ses os à force. Lors d'un orage qui l'avait surpris, il y avait passé une heure entière, abandonné de tous, face au rideau de pluie. Il avait pensé assister au Déluge du livre d'images que lui lit l'abbé, les animaux embarqués dans l'arche, deux par deux, sans qu'aucun nain ne fût convié au voyage. Tout le monde était mort noyé, le ciel strié de grands traits noirs. À la page suivante, une colombe était arrivée à tire-d'aile, un rameau dans son bec, piètre pitance pour tous les affamés. L'abbé avait assuré qu'ainsi le monde avait été sauvé, Nicolas ne l'avait pas cru un instant. L'eau est l'ennemie mortelle des nains.

Stan fume sa pipe, Mesdames admirent la cascade, Griffon est en arrêt devant une vache. C'est le moment pour Nicolas de sortir de son trou. Il avance le long de la promenade d'un pas dégagé, on l'aperçoit, mais c'est Bébé ! Quelle bonne surprise ! On le hèle, l'encourage à venir les rejoindre, venez Bébé ! Stan hoche la tête d'un air entendu, et l'on se rencontre devant la fontaine. C'est Victoire qui la première découvre l'ivrogne en train de se faire arroser. Elle recule d'un pas pour éviter les éclaboussures en riant, bouscule Adélaïde qui recule elle aussi. Cela tombe bien, Nicolas se précipite, ouvre sa vanne d'où part alors un jet tout droit sous le jupon de la jeune fille. Elle pousse un cri, s'écarte, Griffon aboie, c'est au tour de Victoire d'être mouillée. Adélaïde retrousse sa robe, elle est toute trempée, la main dégoulinante d'eau, mais cela ne la fait pas rire, elle veut attraper Nicolas qui s'enfuit. Stan n'en finit pas de s'esclaffer, Victoire ne sait qu'en penser, Papino devient tout rouge, porte la main à son cœur, semble soudain étouffer. Les princesses s'affolent, l'aident à s'asseoir sur un banc qui sous le poids craque dangereusement. On appelle au secours les valets qui, depuis la terrasse, dévalent le coteau au risque de renverser les automates. La place est noire de monde à présent, les valets soutiennent le roi à bras-le-corps, l'ivrogne reçoit sa potée d'eau, la maîtresse rentre dans sa maison, le chien aboie toujours plus fort, puis un laquais sort le flacon des sels de Stan qui les respire et se redresse, faisant trembler la maison derrière lui.

Il a repris ses esprits, regarde autour de lui, et un grand rire lui sort de la poitrine. Adélaïde, sous l'émotion, est restée sous le jet d'eau, le jupon désormais entièrement trempé, plaqué en chiffon sur ses cuisses. Elle baisse la tête sur cette catastrophe, prête à pleurer. Le roi s'approche pour la réconforter. Cela faisait longtemps qu'il n'avait autant ri.

Nicolas est content. Rien ne lui fait plus plaisir que voir Stan s'amuser. La surprise a bien fonctionné. Cela mériterait une nouvelle veste de hussard. Mais il en possède déjà un grand nombre. Une soirée en tête à tête, alors. Avant le coucher du soir.

En dévalant la pente, un laquais a bousculé l'amoureux au baluchon. Son visage pend de côté. Sa fiancée le regarde sans comprendre. Les valets sont gens épais. On ne peut guère leur faire confiance. Les automates les valent de beaucoup. Eux au moins savent demeurer à leur place.

Le roi se retire. On a coupé les vannes. Les automates se sont figés. Nicolas est allé se cacher du côté des bosquets dans le parfum des buis. Il sourit au souvenir de la princesse mouillée. Mais Adélaïde, sous son air de grande dame, possède ce petit esprit des gens qui désirent se venger, et il redoute de la rencontrer, ou pis, qu'on vienne le chercher pour faire amende honorable, pénitence d'autant plus horrifique pour lui qu'il n'est pas certain que Stan approuverait sa plaisanterie devant sa petite-fille.

Les buis respirent à la manière de l'ombre, très bas contre la terre. On s'enivre vite de leur haleine. Lorsqu'on en coupe une branche, elle ne sèche pas aussitôt et délègue son odeur au pot qu'on lui confie. Puis l'odeur s'évapore, et le vertige de ses feuilles avec elle. On les laisse dans leur coin sans plus y repenser.

Le roi ne vient plus visiter Nicolas comme il le faisait autrefois, avec des confiseries, des cajoleries. Il ne le prend plus sur ses genoux. Dans son regard aussi l'amitié est en train de faner. La gaieté a fait place à une tristesse étrange. La venue des princesses et les fêtes données en leur honneur n'en auront écarté le poison que l'espace de trois journées. Telle est sans doute la destinée des feux d'artifice de n'émerveiller l'âme que le temps d'un regard.

Au crépuscule, Nicolas quitte son refuge pour retourner au Rocher. À cause d'Adélaïde, il n'a pas eu l'occasion de dire au revoir à ses amis, en particulier à l'amoureux dont le visage renversé le chiffonne. Le fer a plié au passage des laquais et Nicolas doit monter sur le coteau pour le redresser. Par-derrière, la figure laisse voir ses fils d'acier et ses rouages dont l'un d'eux pend lamentablement à la hauteur du cœur sans que Nicolas puisse l'atteindre avec sa dague. Il remet en place la tête, redescend et ausculte le pantin.

La peau des automates est épaisse, tissée de métal et de laine, à la fois souple et résistante, la main s'y égare en caresses, rencontre le bord d'une lame, frissonne, se retire, puis reprend l'exercice. La poitrine de l'amoureux vibre au moindre contact. C'est que les amoureux de fer sont plus sensibles que ceux de chair à cause des nombreux fils qui retiennent leur vie quand ces derniers n'en ont souvent qu'un seul. Nicolas a passé sa dague dans une fente du giron et commence à fourrager quand une voix forte le fait sursauter, lâcher son arme. Stan se dresse tout près de lui, l'air plus amusé qu'en colère. Tant mieux. Nicolas répond à la question que le roi vient de lui poser. Les humains ne comprennent pas grand-chose aux automates, auxquels ils ressemblent pourtant, et les avoir inventés ne change rien à l'affaire, ils ne perçoivent de leur beauté que l'imitation de la leur. Nicolas ramasse sa dague car son travail n'est pas terminé, il la plonge à nouveau dans le poitrail de l'amoureux et en extrait le ressort qu'il cherchait. Rouillé jusqu'à l'os. Jusqu'à l'âme. Il le montre à Stan, fièrement. Le roi hausse les épaules. Nicolas n'a pas le courage de lui expliquer la chose, il range le ressort dans une poche de sa veste et s'en va. Il reviendra le replacer une fois nettoyé.

Le crépuscule lèche ses plaies au-dessus du canal. Une ombre fraîche et parfumée monte de la terre. La nuit sera noire et blanche, la lune pendue en haut du ciel. Nicolas remonte l'allée. Ses jambes le font souffrir. Son dos craque à chaque enjambée. Mais pour cette rouille il n'y a rien à faire. Juste attendre qu'elle se transforme en vent.

Une crèche

« Longs brouillards de novembre feront un hiver tendre », dit le dicton. Pourtant il fait déjà bien froid dans le pays de Salm, la Toussaint à peine passée, le brouillard couvre les hommes et les bêtes, même le cri des corbeaux peine à en déchirer la ouate. À croire que les morts sont mieux lotis sous terre que les familles dans leur maison. Celle des Ferry, de torchis, de chaux grise et de chaume, est tout d'une pièce, en terre battue, percée d'étroites fenêtres garnies de papier huilé contre lequel s'arrête le brouillard en même temps que le jour. Le feu flambe dans une cheminée au large manteau où sont accrochés des ustensiles de cuisine en fer et en cuivre. Au centre, la table et deux bancs qui servent aux repas près d'un grand vaisselier où gisent assiettes, plats, cuillers et timbales en étain. Devant le feu, Anne Ferry taille et file le chanvre. L'hiver de 1739, elle s'en souvient, a été rude et long, celui de 1740 presque autant, et elle espère et prie pour que celui-ci soit plus clément. Toute cette année les grains ont atteint des prix faramineux en Lorraine, on a parlé d'émeutes à Lunéville, à Einville, à Vézelise et à Dieuze pour empêcher la sortie des blés du Barrois. La disette est un nom charmant qui tue les vieux et les enfants. Anne a tout juste trente-cinq ans, est encore svelte, forte à la tâche, fraîche de teint. Et elle attend son premier petit.

Au début, cela l'a contrariée cet enfant à venir, une bouche à nourrir quand manque le grain, avec les tailles à payer, la terre qui souffre, les chèvres qui ne vêlent plus autant. Elle s'était fait à l'idée de n'en avoir jamais. Mais être mère c'est une joie, un être à dorloter, à regarder, chaud contre soi malgré les pleurs, les maladies, la peur. Et puis c'est la volonté de Dieu. En regardant son ventre plat, elle a douté, peut-être qu'elle avait passé l'âge, qu'elle ne saignerait plus, qu'il n'y avait rien là-dedans. Pourtant elle l'a senti. En août, au moment du sarrasin, en plein champ, un mouvement de sa chair, un soubresaut vif et rapide, un seul, et plus rien. Cela l'a saisie par surprise, dans l'inquiétude de l'âme et de la chair. Elle a fait le calcul, près de six mois déjà. Aux *loûrs*, à la veillée, elle a demandé aux femmes si elles avaient eu vent d'une chose pareille, chez d'autres, dans la région, d'être si peu grosse avec déjà les seins qui tirent. On l'avait plus ou moins rassurée, cette Adèle du hameau de Champenay, souvenez-vous, aux deux derniers mois seulement qu'elle avait le gros ventre, et en pointe, très bas. Oui, cela arrivait parfois, rarement, presque jamais. Elle s'était rendue alors à l'église, avait prié, allumé un cierge, pas plus tranquillisée que ça. Elle en avait parlé à son mari, il l'avait regardée de bas en haut, avait posé la main sur son ventre, es-tu certaine? puis ses épaules qui retombent, on verra bien. Mais c'est tout vu, la nuit surtout, au beau milieu, un petit saut de carpe dans ses entrailles, comme un appel.

Avec ce brouillard glacé, ils ont remis les lits dans l'étable, près des bêtes, cinq biques, deux moutons pour la laine, et une vache qu'ils prêtent au voisin pour le labour en échange de farine. La bonne odeur de paille, la tiédeur de l'obscurité, le souffle chaud des animaux, leur ronflement dans le silence laissent l'hiver à la porte. L'étable est comme un nid, avec son homme près d'elle, la nuit cousue à même la peau. Elle tâte son ventre, les muscles tendus, les seins gonflés, pas de doute, il est là, dormant dans son giron, calme, lointain, puis soudain il frappe des pieds, des mains, un vrai diable, et il se rendort. Depuis un mois elle accueille cette noce en elle, cela dure deux bonnes minutes, puis plus rien pendant des heures. Elle se demande si un tel charivari est normal, et ce long silence ensuite. Elle a calculé à nouveau, il arrivera dans une semaine ou deux, autour de la Saint-Martin, si tout va bien. Il n'a pas l'air pressé de venir. Son ventre n'est pas plus rond que cela. Il ne doit pas être bien gros.

Depuis la Saint-Michel, elle a pris l'habitude de se rendre à l'église chaque jour ou presque. Pour l'odeur de la cire qui brûle et embaume à petites flammes bien droites et solitaires. Pour le parfum de l'encens qui traîne après l'office. Pour le marmonnement des vieilles, tête baissée dans la prière, couvée du châle. Mais surtout pour la crèche, au fond de la chapelle de Marie, dorée, sainte, attablée à la pierre, dans son ombre claire, pas bien grande, cette crèche, mais tout un univers y palpite près duquel elle s'arrête, le cœur blessé de joie. Elle ne se lasse pas de la contempler, d'être chaque image, chaque personnage, la Vierge en manteau bleu couronnée d'or, et Joseph, dans son manteau de laine, mains jointes, auréolé. Elle est ce petit peuple à leurs pieds, minuscule, écrasé, les trois Rois mages agenouillés, chargés de myrrhe, d'or et d'encens, la foule des femmes et des bergers, l'agneau qui bêle sur leur dos, précieux, léger. Elle est la paille, l'âne et le bœuf, leur souffle lent près du berceau, la grotte aux parois incrustées de perles, d'oiseaux, de coquillages, d'anges. Elle est la nuit et le silence, le recueillement des étoiles, la roche au ciel suspendue. Et là, sous le regard de ses parents, accroché à nulle part, l'Enfant Jésus, en cire, pas plus grand qu'une larme, qui s'apprête à descendre dans le berceau de jonc, sous le museau des bêtes. Elle ne s'en lasse pas, Anne, de cette paume ouverte, dorée, donnée pour des siècles et des siècles, pour elle, rien que pour elle dans l'ombre de l'église, comme un livre pour qui ne sait pas bien lire mais peut déchiffrer l'amour. Pour un peu, sans les vieilles qui prient, elle se mettrait à sangloter.

Elle se signe, attend quelques secondes avant de s'éloigner. Tous les enfants sont de petits Jésus décrochés du ciel et du ventre des femmes. Le sien, elle a du mal à l'imaginer, garçon ou fille, plutôt garçon à cause de cette fatigue au matin dans tout le corps qui en est le signe, paraît-il. Un enfançon d'hiver. Les plus faciles à élever, les plus difficiles à maintenir en vie. Elle dit un dernier Pater, un ultime Ave. Il est temps de rentrer pour la traite des biques.

Les premières contractions, violentes et saccadées, elle les a ressenties un de ces matins de crèche. Elle s'est précipitée chez elle, a mis de l'eau à bouillir, appelé son mari, au potager, pour qu'il aille quérir la sage-femme, une matrone à l'autre bout du village. Le temps qu'elle arrive, l'eau bout, mais, comme par enchantement, les contractions ont cessé. Elle se couche, la matrone regarde, hausse les épaules, ça n'a pas l'air d'être pour tout de suite. Elle reviendra demain, ou ce soir. Qu'elle la fasse prévenir dès la perte des eaux, pas avant. Anne l'écoute, la peur au ventre, puis, pour s'occuper, elle va aider son homme. Cela remue en elle, comme une roue qui tourne.

Dans la soirée les contractions reprennent, plus fortes et rapprochées. Un véritable étau qui la saisit de l'intérieur. Elle attend, n'ose pas faire revenir la femme, se couche en espérant que cela passe, mais non, et dans l'étable c'est elle qui meugle à présent, transpirant sang et eau comme en plein été.

Au matin, le brouillard s'est levé. Les douleurs ont repris de plus belle, intenables lorsqu'elle s'assoit, presque autant quand elle est allongée, alors elle reste debout, sans savoir où aller, de l'étable à la maison, au potager, partout, pour leur échapper, en vain. Et soudain ce sont elles, les eaux, le long des jambes, brûlantes sur les cuisses, presque glacées déjà sur les chevilles. Un torrent plus clair que pisse. Très vite tari. Le mari court chez la matrone, on étend un linge sur la paillasse, repousse les chèvres, le travail a commencé, c'est une question d'heures.

À la nuit tombée, toujours rien, à part les cris de douleur, le bougre, ou la bougresse, n'a pas l'air de vouloir pointer son museau. Anne n'a jamais autant souffert, on ne l'avait pas prévenue de ce supplice, elle a beau pousser et pousser, il n'y a que les larmes qui sortent. Le travail dure toute la nuit, la sage-femme n'a jamais vu ça, avec un ventre si maigre de surcroît. Les chèvres bêlent à qui mieux mieux, entre deux hurlements de douleur. Le lendemain matin, Anne demande à mourir, qu'on l'achève, par pitié, qu'on lui ouvre le ventre et qu'on sorte l'enfant, qu'on en finisse. C'est à peine si on aperçoit une touffe de cheveux, à jurer qu'elle veut le garder en elle. Presque deux jours déjà. Le petit risque de s'étouffer, d'y rester.

La matrone ne sait plus quoi faire, la pauvre enfant est blanche et rouge, trempée, les cheveux comme les herbes de la Vezouze. Le cœur au bord des lèvres, prêt à lâcher.

Le jour va tomber. Un coq lance son cri derrière la maison. Puis soudain, sans prévenir, dans une dernière poussée, un dernier cri, cela jaillit d'elle, une chose petite, avec du sang, que la sage-femme recueille sans bien comprendre ce que c'est, dans sa main, pas plus grand qu'elle, et qui se met à piailler, l'enfant d'Anne, de la taille d'un rat, un rat rose d'un empan tout au plus et qui doit peser dans les douze ou quinze onces, à peine quatre cents grammes, gluant des sucs de sa mère, et gigotant des quatre fers. Bon

Dieu de la France ! La matrone l'essuie, le donne à Anne, doucement, entre ses mains, son visage s'épanouit, et elle part d'un grand rire, un ruisseau de sang clair glissant sous la paille. Au loin les cloches du village sonnent l'angélus, comme pour célébrer l'événement.

La matrone s'est empressée de répandre la nouvelle dans le bourg, on a pourtant du mal à la croire, elle doit exagérer, comment ce serait possible, un enfant de trois quarterons, d'un empan, et qui aurait mis deux jours pleins pour venir au monde, à terme à ce qu'elle dit. Alors on veut *élucubrer* l'avorton de ses propres yeux, on se rend du côté des Ferry, muni d'un petit cadeau pour l'accouchée, mais petit le cadeau, en proportion de ce qu'on va découvrir. On raconte qu'il ne peut même pas téter tellement sa bouche est minuscule, qu'elle lui donne seulement quelques gouttes de lait de bique à l'aide d'un vase à bec. La montée de lait doit la faire souffrir, et c'est gâcher, il faudra bien le lui tirer ce lait, quelques gars se proposent, mieux vaut rire que pleurer.

On approche de la maison, on entre dans la cour, la matrone a dit vrai, ils sont là dans l'étable, la mère et son petit, elle encore alitée, blanche sur sa paillasse, le petit près d'elle, dans un de ses sabots garni de laine de mouton, emmailloté dans un mouchoir, poussant des couinements de souris. On se frotte les yeux, mais oui, c'est bien un nourrisson, et mignon par-dessus le marché, au museau joliment plissé, un vrai petit Jésus. C'est sans doute d'être restée trop longtemps devant la crèche qui lui vaut ce tout-petit. Pas sûr pourtant qu'il passe la semaine.

Anne est à la fois heureuse et triste. Son ventre lui fait encore un peu mal, et ses seins, mais quelle joie de contempler cette frimousse, ce petit corps, à elle, rien qu'à elle et de le montrer au défilé des visiteurs. La tristesse lui vient de ce bonheur, du vide qu'il laisse en elle. Pour Ferry, c'est une autre paire de manches, c'est le cas de le dire, à cause de la layette, on l'avait prévue pour un grand, il faudra retarder le baptême, le temps que la marraine retaille et couse bonnets, brassières et culottes. Cela lui fait drôle ce garçon venu de ses reins, si maigre quand lui, sans être un costaud, est bien proportionné. Il se relève la nuit pour le regarder dans son sabot, essayer de comprendre. L'idée lui est venue qu'on leur a jeté un sort à Anne et à lui, sans doute pour avoir trop demandé un rejeton, trop longtemps espéré. Des sorciers, on en trouve dans la région, pas plus loin qu'à Poutay, et une sorcière du côté de Diespach, pas méchants, mais allez savoir, il y a toujours quelqu'un pour vous vouloir du mal. On ira brûler des cierges à Saint-Christophe. Il finira bien par grandir, rattraper son retard. Il lui jette un dernier coup d'œil avant de se recoucher. Il suffirait d'un seul doigt, d'appuyer à peine, et on n'en parlerait plus.

Le dimanche suivant, tout le monde se prépare pour célébrer le baptême. L'église est pleine à craquer, personne ne voudrait rater la cérémonie. L'office terminé à la hâte, la matrone, suivie des parents, des grands-parents, de la marraine et du parrain, s'avance en direction du baptistère, portant un plat en faïence où, emmailloté de lin brodé, est déposé le poupon. Le curé, accompagné de deux enfants de chœur, les regarde approcher. On l'avait averti, il n'y a cru qu'à moitié mais quand le plat arrive il ne peut empêcher un hoquet de surprise. Les enfants de chœur se dressent sur la pointe des pieds, eux aussi veulent voir. Le grand cierge baptismal brille dans leur regard. La nature est capricieuse quelquefois, ou est-ce le bon Dieu qui s'amuse à éprouver les cœurs, le curé repousse vite ces pensées, et, retroussant ses manches, se prépare à ondoyer le nourrisson que sa mère tend déjà au-dessus des fonts baptismaux. Le visage n'est pas plus grand que la cupule avec laquelle il s'apprête à verser l'eau bénite. Deux ou trois gouttes suffiront, il risquerait sinon de le noyer. Il penche la cupule avec précaution, l'eau ruisselle sur le nouvel enfant de Dieu, un piaulement lui échappe, puis, du bout de son pouce enduit d'huile sainte, il commence un signe de croix, mais le front est si étroit qu'il ne réussit qu'à y inscrire une ébauche. C'est bien la première fois qu'il a affaire à un si petit être, et, espère-t-il, la dernière. Si Dieu est bon, les hommes le sont beaucoup moins et dans son cœur il plaint cette vie minuscule livrée à leur monde cruel. Mais rien ne sert de regimber contre la destinée, il achève le Notre-Père, le banquet va bientôt avoir lieu dans la grange aux *loùrs*, on lui a parlé d'un jambon aux herbes, de chou au lard, de beignets et de tourtes à la pomme, arrosés d'un bon vin frais d'Alsace, de quoi souhaiter la santé aux parents et parrains, à Nicolas surtout, puisque c'est le prénom qu'ils ont choisi, joli prénom et qui nous vient du grec, songe-t-il, *niké*, qui veut dire victoire, et lui portera chance, espérons-le, car il en aura besoin.

Le cortège quitte l'église. Anne est restée en arrière. Pour une prière. Elle a confié Nicolas à la marraine. La forme déployée d'un ange l'appelle près de la crèche. Dans l'ombre de la sacristie, les roses fanées n'ont rien oublié de sa dernière confession. Son cœur en est troublé. Nicolas aurait peut-être dû demeurer au ciel. Chaque goutte de lait qu'elle verse dans sa bouche la blesse malgré elle. Le Jésus de cire étend les bras pour embrasser le monde sous le regard de Marie. Il semble si léger dans sa tunique cerise. Anne en coudra une pour Nicolas, toute pareille.

Elle sort sur le parvis. Il fait meilleur aujourd'hui, un beau soleil. Elle rejoint la fête, va son chemin, un peu moins triste, légère et pâle comme une aile.

L'arrivée

Au mois de juin 1745, trois dames de la cour polonaise du roi Stanislas se rendent en villégiature dans les Vosges par la route des Princes. On leur a vanté les beautés de la région, de la vallée de la Bruche aux eaux pures et vives, celles du promontoire de la Chatte pendue, roches étranges qui culminent à neuf cents mètres où elles monteront si le temps le permet. On leur a loué les spécialités culinaires, les totsches chaudes, des beignets de pommes de terre et d'oignons, mêlés de chou au lard et aux saucisses fumées, les gâteaux de myrtilles ou de prunes. Le carrosse, une petite berline confortable, va bon train, la route est moins mauvaise qu'on leur a laissé entendre, il est bientôt midi, elles ont hâte de se restaurer, et le village de Plaine se profile déjà à l'horizon au pied d'un versant du massif du Donon. On passe les portes, dans le village on s'arrête devant le relais de poste qui fait auberge, s'enquiert du dîner auprès du maître de poste, un grand gars aux mains comme des battoirs et qui les tient ouvertes devant lui, ses mains, parce qu'il n'a plus grand-chose à proposer malheureusement, quelques œufs, du pain, un ou deux échaudés, un peu de lait, mais on peut s'en procurer du frais, de chèvre, pas loin, chez les Ferry, qui possèdent des biquettes. Les dames sont déçues, elles s'attendaient à mieux, du lard, des pommes de terre, mais bon, contre fortune bon cœur, comme on dit, et tenez, le lait, elles iront le chercher, cela leur dégourdira les jambes et leur rafraîchira l'âme. Le maître de poste sourit, sans qu'on sache pourquoi.

La maison des Ferry est à deux pas, après l'église et le chemin des Gouttes, une bâtisse tout en longueur avec un bout de cour devant, un potager par-derrière. Le cocher les précède, un pot en fer dans chaque main, lui aussi aurait bien mangé autre chose que du pain trempé, il se rattrapera au souper. Il pousse la clôture, entre dans la cour, appelle. Personne. Les dames l'ont suivi, elles ont relevé leur robe à cause de la terre battue jonchée de chapelets de crottes de bique. L'homme appelle à nouveau et un bêlement lui répond, aussitôt suivi d'une chèvre. D'une chèvre et d'une oie. Et la chèvre est surmontée d'une poupée en blouse et culottes, très petite mais vivante, au teint rose, aux cheveux bouclés, qui remue la tête et vous regarde avec des yeux comme des épingles. Les dames, face à cette apparition, en laissent choir leurs jupons. La poupée saute alors de son destrier, s'approche du cocher, et tous comprennent qu'il s'agit d'un enfant en miniature, à peine plus grand que la botte de l'homme, un minuscule garçonnet qui se plante devant elles et pousse soudain un bêlement aigu et grêle.

Sur le coup, les dames reculent d'un pas, quand cela fait rire le cocher. Il s'accroupit devant le petit être, mais mal lui en prend, l'oie se précipite sur lui, bec en avant et cagnardant tant et si bien que le cocher en tombe à la renverse. Le palmipède s'apprête à le mordre lorsque soudain le lutin, levant le bras (les dames polonaises, revenues à la cour, affirmeront qu'elles n'avaient jamais vu geste si noble dans un si petit corps), arrête net son défenseur. On ne sait plus s'il faut rire ou trembler. Le cocher se relève, ramasse ses pots, il aurait bien envie de donner un bon coup de pied à l'oie, mais une femme apparaît sur le pas de la porte, un nourrisson au bras, un autre mioche à ses basques, et elle appelle le lutin, Nicolas, viens par-là ! qui court vers elle et disparaît sous son jupon. Peut-être a-t-on rêvé, et, passé la clôture, c'est un conte de fées qui vient de vous accueillir. La fermière s'excuse, Nicolas est bien *frahr*, il faut lui pardonner, il n'a guère que quatre ans. Les dames en frissonnent. Elles viennent pour acheter du lait, de la part du maître de poste. Oui, du lait, mais il faudra attendre, les biques sont dans le pré, le temps d'y aller, avec votre permission. On patientera donc. Le cocher donne ses pots à la fermière et le lutin pointe son museau de sous ses jupons, avance dans la cour sans bêler cette fois. Il ne doit pas faire plus de vingt pouces de haut, avec des joues rouges, un nez fin comme un bec, des yeux noirs et une bouche si étroite que les dames s'étonnent encore qu'elle ait pu laisser passer un si puissant bêlement. Elles ont le temps de l'observer, de se persuader de la réalité de cette créature à quelques pas d'elles, qui agite ses bras sans qu'on comprenne pourquoi, des tourbillons de mains comme des papillons, pour appeler qui ou quoi, mystère. Puis son regard se pose sur vous et à votre tour vous vous sentez ridiculement petites. Elles auraient bien envie de le prendre dans les bras, le temps de leurs poupées n'est pas si loin, il ne doit pas peser plus que la plus légère d'entre elles, en plus sale peut-être, mais vivante et chaude. L'une des dames s'enhardit, avance à petits pas d'abord, en claquant la langue comme pour attirer un petit animal, mais un caquètement l'arrête net, l'oie vient de redresser la tête et la foudroie du regard. Alors le minuscule garçon remonte sur sa chèvre et, sans autre forme de cérémonie, les trois compères retournent dans la grange d'où ils étaient sortis. Le livre de conte se referme sur cette obscurité aux relents de paille, de fiente et de crotte de bique. Les dames polonaises se regardent entre elles. D'ordinaire un long rire aurait secoué leurs jolies épaules, accompagné de quelques battements de mains, mais là c'est autre chose qui les habite, une nostalgie inconnue, un soupir.

De la nuit de la grange un bêlement s'échappe.

Au retour de leur villégiature, nos dames s'empressent de raconter leur aventure à leur reine, Catherine Opalinska, l'épouse de Stanislas. Elles lui décrivent le petit être, son visage frais de la taille d'une pomme d'api, son apparition sur une chèvre tout droit sortie des contes de Perrault. La reine les écoute, cela l'amuse un peu d'abord, la nature est bien capricieuse pour inventer de telles créatures, et ingrate par les maladies qu'elle nous inflige, ce qui vaut pour elle surtout, insatisfaite et souffrante dans cette cour où elle s'ennuie quand elle devrait être reine de Pologne.

Les dames ne tarissent pas d'éloges, cela serait divertissant de l'avoir à la cour, on le ferait venir avec sa mère, une femme bonne apparemment. Pourquoi pas après tout, un arrière-grand-père de Catherine ne possédait-il pas un ou deux nains, oui, Piotr Opalinski, voïvode de Poznan, qui repose dans la ville de Sierakow qu'elle aime tant, au bord de la Warta où elle n'ira jamais plus. Les Opalinski régnaient alors sur trois cités et plus de cinquante villages. Comment s'appelle-t-il déjà votre lutin ?

À la cour de Lunéville, on ne parle plus que du phénomène. De sa taille, de la beauté de son minois, on en rajoute sans l'avoir vu, il ne serait pas plus haut que trois pommes, tiendrait dans le creux d'une main, danserait à ravir monté sur un poney, et parlerait comme vous et moi alors qu'il n'a que quatre ans. Quand ces fariboles arrivent aux oreilles de Stanislas, il n'y prête pas grande attention. Son petit-fils, le dauphin de France, vient de perdre son épouse en couches. Son gendre, Louis XV, veut le remarier de toute urgence à l'infante d'Espagne. Le dauphin écrit à son Papino de lui accorder son agrément et la permission de l'épouser. Stanislas Leszczinsky aime cet enfant de tout son cœur. Il n'a pas eu de fils, mais deux filles, Anne et Marie, la reine de France.

À tout juste quinze ans, le dauphin est un jeune homme intelligent et sensible, la perle incomparable de cette énorme huître qu'est Versailles. Chaque peine qu'il éprouve touche Stanislas au plus profond. Davantage en tout cas que celles de son épouse, toujours malade et se plaignant malgré les médecins, la saignée hebdomadaire, la cour de ses dames plus ennuyeuses les unes que les autres et davantage que les épreuves traversées, les guerres, la gloire, l'exil. Lorsqu'elle lui reparle du lutin, de la bouffée de fraîcheur qu'il apporterait à la cour, de l'agrément d'une nouvelle présence au château, Stanislas lui prend la main, la serre tendrement. Une grande flaque de soleil vient vernir le parquet de la chambre, l'aile de la mort suspend son vol, Catherine ferme le bourgeon fané de ses paupières. Il enverra Kast au village de Plaine pour se renseigner sur l'enfant.

Jean-Christophe Kast est le premier médecin de Catherine, il a connu le roi Stanislas à Wissembourg dans les années 1720, l'a suivi à Chambord puis à Lunéville. C'est lui qui, en plus de fournir les témoignages demandés par le duc de Bourbon sur l'état de santé de la princesse Marie en vue du mariage royal, a affirmé qu'elle n'avait eu d'autres maladies que légères, « qu'elle était bien réglée de règles d'une louable couleur et ne durant qu'autant qu'il était nécessaire ». Il est passionné de chimie, de botanique, de minéralogie, et des eaux de Bains et de Plombières dont il lance la vogue. Luthérien et franc-maçon, comme Casten Rönnow, médecin attitré de Stanislas, il soigne à grands frais une reine catholique et les indigents de l'hôpital Saint-Jacques de Lunéville dont s'occupent les sœurs de la charité de Saint-Charles.

Avant de l'envoyer pour Plaine, le roi lui a posé cette question à laquelle il n'a pas su répondre : « Je voudrais qu'on m'expliquât pourquoi les goûts les plus bizarres sont presque toujours les plus vifs. » Une douzaine de lieues séparent Lunéville de Plaine, tout un jour en cabriolet, dans une belle campagne, sous un soleil sans tache, et il songe combien la nature humaine ne sait se satisfaire des biens du monde étalés sous ses yeux, de l'exemple qu'ils proposent à l'esprit, des vertus qu'ils contiennent, en raison d'un aveuglement dû au désir d'en jouir et de ne pouvoir y parvenir sur-le-champ. Les goûts bizarres qui naissent d'une telle erreur résultent de cet échec, pareils en cela à des chemins de traverse qu'on emprunterait et qui, pour être pittoresques et plein de charmes nouveaux, nous égarent. Des gnomes et des nains, il ne connaît que ceux difformes qu'il a pu observer dans les foires. Il ne croit pas un instant à ce qu'ont raconté les dames polonaises d'un enfant d'une douzaine de pouces de haut, trente centimètres, juste bons à faire un biscuit de Saxe, et qui se serait mis à danser. Un vin d'Alsace un peu trop vif avait dû leur monter à la tête ce jour-là. Ou les cahots répétés de la route, qui est parfois si mauvaise que l'estomac vous remonte au cœur.

Jean-Christophe arrive à Plaine au crépuscule et se rend aussitôt à la ferme des Ferry, où le père le reçoit. Ils ont fini de souper, cela sent le lait caillé, l'oignon et le suif d'une pauvre chandelle qui peine à éclairer ce coin d'humanité. Jean-Christophe explique en s'excusant le motif de sa venue. La mère se rappelle bien les dames polonaises, oui, et le lait qu'elle leur a vendu, mais le petit dort à cette heure, et de la main elle lui désigne une caissette en bois blanc. Le médecin s'en approche. Une toile de jute recouvre un corps fluet, ne laissant à découvert qu'une touffe de cheveux et un front bombé. Deux autres enfants dorment à côté, dans un lit, ceux-là. Il faudra revenir demain, au jour. Jean-Christophe remercie, sort dans la cour avec le père, un homme sec, à la poitrine un peu creuse, auquel il expose la requête du bon roi Stanislas, l'honneur que Sa Majesté désire faire à sa famille et à Nicolas. Le fermier ne semble pas comprendre ou fait semblant. Sans doute commence-t-il à calculer. Le jour se répand désormais en poussière dans la cour. C'est entendu alors. Un coq pousse un dernier cri au loin. On se retrouvera une fois l'aube passée.

Le lendemain matin les rues de Plaine ont disparu sous la brume. Kast a apporté de quoi mesurer et peser l'enfant nain. C'est la mère qui l'accueille ; elle a mis pour l'occasion sa blouse du dimanche. Le garçonnet se tient près d'elle, vêtu du même lin. Les Polonaises avaient exagéré, la mesure donne vingt-deux pouces, et pour le poids un peu plus de cinq kilogrammes. Sa tête ne présente aucun signe de malformation, son visage est harmonieux, ses bras sont chétifs mais de taille normale, de même que ses jambes, mis à part une légère arcature, *genu varum* de naissance probablement, et qui risque de s'aggraver avec l'âge. Les réflexes sont d'une grande tonicité. La petite vérole a laissé une marque blanche sur son front et plusieurs autres constellent l'abdomen et la poitrine. Lorsqu'on lui pince la peau du bras, il émet un cri strident de souris ; visiblement il ne parle pas encore, ne répond à aucun des sourires qu'on lui fait, et il n'est pas interdit de penser à une forme de crétinisme bien qu'il ne soit pas goitreux comme cela arrive souvent. Toute sa personne est décidément fort agréable à regarder. Il s'en dégage un charme étrange dont le terme de lutin rend compte quand celui de gnome ne lui conviendrait pas, d'une part étant donné sa joliesse, de l'autre par l'étymologie même qui signifie *porteur de connaissance*. Néanmoins, lorsqu'on le surprend, son regard est, le temps d'un instant, vif et plein de curiosité, puis il redevient fixe pareil à celui de certains oiseaux. On s'attend alors à voir l'enfant pépier, et il se met à courir à une vitesse effroyable dans la cour pour revenir en un clin-d'œil aux côtés de sa mère. Cela la fait sourire de le voir courir ainsi son *petit rat*, c'est l'expression qu'elle emploie. Elle est d'une nature plus robuste que son mari, possède un squelette bien charpenté, Nicolas est son premier-né, et l'on s'étonne qu'il soit d'elle, de cette chair pleine, et on devine la crainte qu'elle a éprouvé avant de mettre au monde deux sains rejetons après lui.

Jean-Christophe a tout noté dans son carnet. L'examen est terminé. Il remet de la part du roi Stanislas une petite bourse contenant quelques livres. Les parents remercient en silence. Il reviendra peut-être plus tard. Le père a un hochement de tête. La brume se lève ; il est temps de se retirer. La route est longue jusqu'à Lunéville. Cela va être une belle journée. L'enfant nain a saisi l'index de sa mère, la tête levée vers l'étranger.

Sur le seuil de la grange, une oie et une chèvre le regardent partir sans bouger.

Qui peut dire à quoi pense Stanislas en écoutant le rapport que lui fait le médecin ? Aux cours royales prestigieuses d'autrefois qui, de la Russie à l'Espagne en passant par l'Italie, possédaient chacune un ou plusieurs nains, hommes de plaisir comme on les appelait, élevés pour égayer la bonne société ? À Catherine de Médicis qui, dit-on, avait réuni deux douzaines de ces petits êtres qui la suivaient partout et dont elle arrangeait les accouplements afin d'obtenir une créature parfaite ? À Gustave Adolphe de Suède, le Lion du Nord, dont son père, Rafal Leszczynski, lui parlait avec horreur – et aussi de son bataillon de nains sanguinaires qui se tenait à ses côtés ? Au temps à la fois si lointain et proche où il régnait sur la Pologne, désirant la paix, ne rencontrant partout que la haine et la guerre ? À sa fuite de ville en ville, d'incendies en massacres, de refuges en asiles pitoyables ou glorieux, déguisé, humilié mais libre ? À cette lettre, peut-être, écrite à sa fille Marie, dans la douleur de l'exil, dont une phrase lui revient, oui : « Si l'on pouvait accoucher de tout ce qu'on a sur le cœur comme d'un enfant, qu'on serait heureux ! » ? Mais à qui exprimer ce qui comprime ce cœur, à quel ami, quelle maîtresse, quelle page ? Le cœur est un royaume que nul ne parvient à gouverner, ses désirs sont des ordres auxquels les rois eux-mêmes se soumettent, qu'ils soient de Pologne ou de France, et ce qu'on y enfante n'est le plus souvent que fantôme ou fantaisie. Comment dites-vous qu'il s'appelle ce minuscule enfançon ? Nicolas, Votre Majesté. Et il ne parle pas encore, m'avez-vous dit ? – Pas un mot.

Kast attend en silence. Selon lui, le petit Ferry ne grandira pas, c'est une ébauche d'enfant, une âme humaine à peine germée, un caprice de la nature, et, sans doute bientôt celui du duc de

Lorraine et de Bar. Mais il garde ses réflexions pour lui. Stanislas est un souverain généreux, il saura récompenser les Ferry.

C'est dit, il faudra aller quérir leur rejeton, accompagné de sa mère, bien entendu, dans quelques jours, une fois passé la semaine sainte. Kast salue le roi et regagne les appartements de Catherine Opalinska. Stanislas ouvre le livre de maximes qu'il tient depuis son arrivée à Lunéville pour y noter celle-ci : « Toute la nature agit pour croître, et tout accroissement pour sa destruction. » Puis son regard se perd parmi les flammes qui dansent dans la cheminée.

La voiture qui amène Nicolas et sa mère vient de s'arrêter dans la cour d'honneur. Ils en descendent, précédés de Kast que ces allers et retours à Plaine commencent à fatiguer. Des serviteurs en livrée les attendent sur le perron, accompagnés de dames et de messieurs. Nicolas n'a jamais vu une maison comme celle-ci, hissée presque jusqu'aux nuages, avec toutes ces fenêtres, ces toits. Sa mère lui tient la main, jusqu'à l'écraser, comme lorsqu'il fait une bêtise. Il a dormi le plus clair du voyage. Ce doit être un pays lointain où elle l'a conduit. Un pays de pierre grise sans poules, sans oies et sans biquettes. Un pays où les gens vêtus de lourds habits parlent une langue inconnue, l'entourent et lui sourient, battent des mains comme à la foire. Un pays où les marches sont si hautes qu'il faut l'aide de Mère pour les gravir sans s'essouffler. On y connaît son nom pourtant, on se courbe vers lui, le caresse, glousse et puis on se redresse. À l'intérieur nulle terre battue mais de la pierre encore, blanche et lisse, et des chandelles partout qui resplendissent à n'en plus finir. Dans la main de Mère la sienne lui fait mal à force, il aimerait bien se mettre à courir dans ce nouveau pays, trouver les animaux qui s'y cachent. Mais c'est un escalier qu'il faut monter encore et si haut qu'on ne sait pas où il se termine. Mère le prend alors dans les bras, les gens ont l'air d'adorer cela, lui prodiguent risettes et nouvelles grimaces, puis elle le dépose dans une pièce toute en bois où brûle le feu d'une petite cheminée. Que les flammes en soient roses et droites ne l'étonne pas : même le feu ici sourit.

D'après les mesures que lui a transmises Jean-Christophe Kast, la couturière du roi a fait tailler plusieurs habits aux dimensions de Nicolas. En bonne toile pour le jour car l'on sait combien les enfants usent les vêtements, en velours pour le soir, et un autre d'apparat, doublé de satin, bordé de dentelle aux manches et au col. Il y faudra sans doute quelques retouches, elle n'a jamais habillé un si mince personnage, et le voir à présent devant elle la fait douter de son travail, surtout les jambes qui semblent deux tiges d'iris.

On l'a déshabillé, il est nu, le corps tremblant malgré le bon feu, près de sa mère, une grande fille qui le regarde comme si on l'amenait à l'abattoir. Les paysans sont des personnes qu'un rien effraye. Quelle drôle d'idée de faire venir ici ce petit Poucet.

Le velours est une curieuse peau, plus douce que celle des biquettes, qui râpe un peu quand on le prend à rebrousse-poil, très lourde avec tous ces beaux boutons dorés. Nicolas les fait tourner du bout des doigts, ils brillent au soleil. On l'a placé dans un joli panier en jonc, recouvert d'un linge blanc. Le panier se balance au bout du bras d'un homme. Nicolas pourrait s'y endormir. Mère l'observe en souriant mais elle a peur, elle a gardé sa blouse du dimanche, les mains jointes : pas de velours pour elle et ses sabots frappent le sol, résonnent comme dans une église.

Un valet les accueille, plus grand que le curé du village, avec l'air de vous regarder de haut en ouvrant le battant d'une porte immense. Puis, très fort, comme si on était sourd : « Nicolas Ferry ». Mère baisse la tête. Autour d'elle, tous font de même, les dames remontent leur jupon, plient le genou, dans la pièce cela sent la cire et le charbon de bois. Nicolas sort la tête de son panier. Le roi est énorme, il porte une toison de cheveux blancs frisés de mouton, un manteau qui tombe jusqu'à terre, des culottes bouffantes, il a de bonnes joues rouges et une petite bouche qui sourit. Une grosse dame se tient assise près de lui. Mère le retire alors du panier et le pousse vers cette montagne qui de ses larges mains prend la sienne, la palpe, la retourne. Puis d'une petite boîte, il sort un berlingot rose qu'il tend à Nicolas. C'est doux et très sucré, très dur sous la dent, délicieux. Le roi semble satisfait et, après avoir demandé à Mère, il vous soulève, vous dresse face à lui, vous pose sur son genou. Sa toison de mouton est bien plus légère que de la laine et lorsqu'on tire dessus elle bouge et glisse. Mère écarquille les yeux, le roi se met à rire, tous l'imitent, il vous prend à bras-le-corps, vous tient un long moment en suspens devant son bon regard, puis vous repose à terre. Il a une voix grave, un rire aigu, le rouge qui monte au front et des yeux caressants. Une odeur de vieux cuir chauffé au feu s'élève de sa personne. Nicolas croque le bonbon, le jus sucré coule dans sa gorge. L'entrevue est terminée, il regagne son panier.

Avoir vu ce bout d'enfant, l'avoir tenu entre les mains a fait monter une singulière émotion dans le cœur de Stanislas. Est-ce d'être entré dans sa soixante-dixième année, d'en ressentir les maux de plus en plus vifs et pressants ? Est-ce l'état de santé de son épouse chaque mois plus alarmant malgré les soins de Kast ? Ou bien, en dépit de la cour, de ses plaisirs et de ses fêtes, la solitude ne pèse-t-elle pas sur son âme avec toujours plus d'opiniâtreté ? Stanislas quitte son fauteuil, fait quelques pas, s'arrête à une fenêtre. Les premières fleurs des acacias apparaissent aux branches, le parc va bientôt en être tout embaumé. « Je n'ai jamais conçu qu'on pût être heureux sans être bien avec soi », songe-t-il. Pourtant cette amitié que l'on se porte se satisfait rarement d'elle-même, et le plaisir qu'on prend à en rechercher les preuves chez ceux qui se prétendent nos amis suffit à la briser. Dans le regard de l'enfançon suçant son bonbon, il y avait un bonheur tout simple, sans gratitude, un bonheur immédiat, clos. Le moyen infaillible de vivre heureux est de se renfermer en soi pour mieux apprendre à se connaître, Stanislas en est convaincu, et de mieux maîtriser ses penchants, d'épurer ses vertus, oui, de vivre isolé et de se faire une compagnie de son cœur, d'aimer à l'entendre parce qu'il dit toujours vrai, de se plaire avec lui, et, sans abandonner le monde – qui le pourrait d'ailleurs ? –, de lui échapper tout en ayant l'air de s'y livrer. N'est-on pas d'autant plus heureux qu'on ne se propose pas de l'être ?

Un bonbon suffit parfois. Stanislas fera le bonheur de Nicolas, et son éducation. Il imprimera dans sa cire vierge les conditions pour y parvenir.

Les bienfaits ne sont-ils pas l'unique trésor qui s'accroît à mesure qu'on le partage ?

Dehors, de grands lilas se balancent au vent. De longs nuages blancs reposent, mousseux, au bas du ciel. Notre cœur, le roi en est certain, est fait pour se donner.

Sur la page de la nuit, une chandelle brûle. On a installé Nicolas dans un lit de la taille d'une bible, sa mère près de lui. Un fond de braises rougeoie dans le silence. Nicolas ne dort pas. À égale distance de l'ombre et du rêve, une chouette lance son cri. D'ordinaire cela l'apaise, se mêle au sommeil, puis, hop, il passe de l'autre côté. Mais ce soir la pensée des boutons le retient malgré lui, ces jolis boutons dorés qui parsèment son nouvel habit. Il aurait bien aimé dormir avec, plutôt que dans cette chemise où l'on respire le frais. La dame a pris l'habit, l'a rangé il ne sait où. Mère l'a embrassé pour le faire taire. Il entend son souffle et le froissement du noir lorsqu'elle se tourne dans les draps. Qu'on lui ait retiré les odeurs de la ferme l'inquiète un peu aussi. Il n'en reconnaît aucune, à part celle de la suie si rassurante, fidèle, qui annonce les pluies, mais fragile ici, réduite à un fumet. Les ombres dansent au plafond en attendant le jour. Au souper il a mangé de la bouillie, un pain blanc comme du lait, un quart de pomme à peau fripée. Son frère et sa sœur doivent dormir quelque part mais il ne les entend pas. Père doit travailler déjà. Le sommeil joue avec son corps, ses jambes et ses bras, il le laisse faire, les yeux ouverts. La nuit ne ressemble pas à une vraie nuit. Malgré la chouette. Malgré les hoquets de sa mère. La flamme vacille au bout de la mèche, et soudain c'est le jour qui se lève.

On lui a donné un hochet avec trois grelots qui imitent la grêle lorsqu'on le secoue. Un petit cheval en bois dont la crinière est en véritable crin. Un berger presque aussi grand que lui, au corps en paille revêtu d'une culotte et d'un pourpoint jaunes. Un sifflet en métal, avec une chaîne pour le mettre au cou, et quand on souffle dedans les gens se bouchent les oreilles. Des mouchoirs en dentelle si fine qu'on voit sa main à travers et un bonnet pour le jour, un autre pour la nuit. On lui a montré un jardin avec des automates qui sont comme des personnes immobiles, les bosquets, le canal et les bords de la rivière qui ici s'appelle Vezouze où habitent l'arc-en-ciel et les truites. On lui a fait goûter au lait des vaches, au miel des abeilles, aux pommes trouvées dans la terre, à la viande des poules et des canards. On l'a lavé tout nu dans un baquet d'eau chaude, et savonné le corps d'une mousse épaisse et grasse qui lui a piqué les yeux. Si Mère avait pu voir cela, elle aurait ri elle aussi. Puis on l'a séché dans un drap où il a disparu. Le matin on le frotte avec du beurre battu dans du vin et de l'eau. Il a couru dans l'herbe, sous les futaies, à perdre haleine, le long des allées, et dans les pièces du château où il a trouvé toutes sortes de cachettes, des tables sous lesquelles se glisser, derrière des rideaux, ou sous les robes des dames que cela fait glousser comme des dindons, et leurs étoffes sont épaisses, on n'y voit plus rien quand celle de Mère, au moins, le jour passe à travers.

Où se cache-t-elle, d'ailleurs ? Lorsqu'il souffle dans son sifflet, elle n'accourt pas vers lui. Le hochet non plus ne la fait pas venir. Où que son regard se tourne, c'est la nuit qu'il rencontre. On a retiré le lit. La chouette elle-même a fini par se taire.

Alors c'est un grand cri qui lui sort des poumons. Un cri de douleur, un cri pour appeler sa mère, la supplier de le rejoindre, de le ramener à leur ferme. Un cri à déchirer les ténèbres, les flammes, à briser les vitres. Tout le château se réveille, les femmes en premier qui se précipitent, puis les valets et, au matin, le roi en personne. Le cri est devenu un long couinement qui dure toute une journée. Le lendemain, enfin, Mère est là. Elle a amené son petit frère avec elle et pleure dans ses mains, relève la tête puis replonge dans ses mains. Comme un des automates du jardin.

Un automate qui imiterait sa mère, son visage. Il la caresse longuement.

Puis elle s'en retourne comme elle était venue.

Nicolas a pris le berger avec lui dans son lit. Il a un nez pointu, des yeux noirs, des cheveux courts plaqués sur son crâne, des bras forts. Pour parler, il ne remue pas les lèvres, fixe un point devant lui, reste silencieux, mais on comprend tout ce qu'il dit. Son nom, Piccolino, veut dire « Enfant divin » en langage nain. Nicolas l'écoute, il n'a plus peur, malgré l'orage et les éclairs. Sa gorge lui fait un peu mal encore, à cause du cri. Il prend un berlingot. Le jus sucré apaise la douleur. Il n'est plus seul.

La rencontre

La première fois que j'ai rencontré Nicolas, il se tenait dans le fond d'un petit salon au mobilier Louis XV d'un hôtel particulier du faubourg Saint Honoré. Je venais de m'approcher d'un dessin aux trois crayons de François Boucher d'une jeune femme nue au fessier rebondi, allongée sur le ventre. Le soleil de printemps entrait dans la pièce en même temps que la rumeur de la rue. J'étais seul, l'exposition précédant la vente aux enchères commençait. C'est alors qu'en me penchant sur un autre dessin je devinai une présence au fond du salon, comme une ombre repoussant la lumière du soleil. Je me tournai vers elle. Il se tenait là, debout, au-dessus d'une commode, solennel, imposant, en costume d'apparat, dans un cadre somptueux. Le cartel au bas du tableau indiquait : « Trubenbach. Actif au XVIIIe siècle. Inscription au dos : *Nain de Sa Majesté le roi de Pologne à l'âge de onze ans, peint grandeur nature par Trubenbach en 1752.* Huile sur toile. 83,5 x 67 cm.» Suivait une estimation de 40 000 à 60 000 euros. L'artiste m'était inconnu autant que le personnage. Je reculai d'un pas, troublé, presque inquiet. Le nain dominait ce coin de salon de toute sa hauteur, jetant un regard à la fois aigu et lointain sur ce qui se pressait devant lui, à ses pieds, dont je faisais partie au même titre que les meubles et les tapis, ses yeux comme deux boutons de bottes, noirs et brillants. Fallait-il en rire ou s'en effrayer ? S'en aller peut-être. Mais je restai.

On ne rencontre pas seulement les vivants. Ce qu'on appelle l'âme, pour traverser ce monde à la vitesse de la lumière, n'en laisse pas moins au-delà de la mort certaines traces prêtes à croiser la nôtre et qui nous touchent soudain avec la vivacité du vivant, dans le rêve. Nicolas, dont à cet instant je ne savais pas le nom, ni le destin, non plus encore que l'attraction qu'il exerçait sur moi, ne devait son empire qu'à la répulsion que j'en éprouvais dans le même temps, à moins que celle-ci fût première et passât au second plan en raison d'une sorte d'hypocrisie m'invitant à ne pas me régaler de ce qui aurait dû me repousser. Nicolas affichait dans ce salon les dehors fastueux d'un grand de ce monde alors que sa taille ne lui permettait pas d'en être le dépositaire. C'était le nain, et d'une Majesté par surcroît, roi de Pologne, comme le précisait le cartel du tableau. Vêtu d'un habit de soie grise richement orné d'une passementerie blanche, coiffé d'une toque en astrakan piquée d'une rose brodée en dentelle dont on retrouvait un exemplaire sur chacune de ses bottines, toque d'où dépassait une courte perruque gris perle, le cou pris dans un large nœud, il tenait dans la main droite un modeste jonc et, de l'autre, le pommeau d'une épée dont le fourreau se confondait avec le fond obscur d'un paysage d'arbres et de bosquets. Droit, la tête légèrement de profil, la bouche petite et rouge, la joue rose, il gardait la pose avec assurance, fierté, et n'étaient ses jambes un peu courtes serrées dans leurs bas de soie, on aurait pu le prendre pour un jeune chevalier ou un marquis, polonais sans doute, comme le laissait entendre le cartel.

Je ne pouvais détacher mon regard de ce portrait à l'exécution délicate, bien que naïve en plusieurs points, les mains en particulier, espèces de griffes jaillissant de manches en dentelle, portrait dont le cadre imposant, à décor de coquilles et de feuillages à motifs déchiquetés de style rocaille, décuplait l'impression de grandeur. « Grandeur nature » qui, dès que j'y songeais, relativisait la taille du modèle, d'environ soixante-dix centimètres de haut, quand, à sa façon de me toiser, il en paraissait le double. Qu'il fût accroché en hauteur, au-dessus d'une commode, contribuait probablement à cette impression de gigantisme. Mais non, quelque chose dans son maintien, dans son regard à la fois vide et perçant d'oiseau, de rapace peut-être, adouci néanmoins par l'arcature un peu triste des sourcils, quelque chose dans l'expression de cette figure au nez pointu, aux lèvres serrées suggérait une noblesse contenue, artificielle en apparence, et à vrai dire toute d'apparence, sans que rien ne séparât les deux, artifice et noblesse participant d'une même vérité, d'une même grandeur. Le peintre avait réussi cet exploit de représenter « grandeur nature » un nain plus grand que nature. J'étais pris dans ce filet, oiselé à mon tour, comme un enfant.

Les « monstres » m'ont toujours fasciné. Un des livres que nous avions à la maison retraçait leur apparition tout au long de l'histoire. Ma préférence allait à ceux du Moyen Âge et de la Renaissance, aux gravures en noir et blanc qui les représentaient. Ce livre a disparu mais mon souvenir en a conservé les figures de siamoises, soudées par le buste, celle d'un homme avec une seule jambe, massive et colossale, d'un autre affligé d'un jumeau qui pendait de son ventre, et, ma préférée, celle d'un géant dont le cou prodigieux était coudé tel un serpent aux dents pointues. Des nains, il y en avait aussi, bossus pour la plupart, ou difformes, mais ils m'intéressaient moins. Je révisai mon jugement cependant du jour où j'en vis un en chair et en os.

Nous étions en vacances dans la petite ville des Salins d'Hyères. Un cirque ambulant venait de s'installer sur la place du village. La nuit était délicieuse, bruissant de lumières clignotantes comme un jour de Noël. Un enfant en habit d'acrobate montait un poney attaché à un piquet. Cela sentait la mer, le crottin et la barbe à papa. Le spectacle allait commencer, mes parents ne voulaient pas m'y emmener, mais avaient consenti à faire un tour entre les roulottes. Dans une cage, un vieux lion sommeillait dans la paille, un os entre les pattes. Contre la barrière qui l'isolait, des enfants imitaient son rugissement en riant. Près de lui, un chameau pelé et majestueux mâchouillait son fourrage. Les roulottes étaient peintes en jaune et rouge, disposées autour du chapiteau comme un campement de cow-boys. L'une d'elles, entourée d'un chapelet d'ampoules de couleur, s'ouvrait comme un petit théâtre sur ce que je pris d'abord pour un enfant mais qui était une toute petite dame, en longue robe, assise en train de tricoter. Une dame en miniature, au visage de poupée, dessiné avec délicatesse, une dame où rien ne manquait, le nez, la bouche, les oreilles, les rides tracées minutieusement, les mains minuscules dont les doigts s'agitaient entre les aiguilles. Elle souriait, hochait la tête pour saluer son public, levait la main de temps en temps puis reprenait son ouvrage. Ma mère s'était penchée vers moi : « C'est une Lilliputienne », m'avait-elle dit. Je connaissais ce mot, de même l'histoire de Gulliver que ma mère me racontait le soir, mais c'était la première fois de ma vie que je voyais en vrai un personnage de conte de fées. Tout droit sorti du pays de Lilliput. Une véritable lilliputienne. Et si vivante, si aimable – contrairement au petit peuple qui avait attaché Gulliver avec des cordages sur la plage où il s'était échoué –, si admirable qu'on avait envie de la prendre dans les bras. En me dressant sur la pointe des pieds j'aurais presque pu toucher son chausson, mais cela devait être interdit, et peut-être même dangereux. Elle tricotait sans doute quelque chose de chaud pour ses enfants qui devaient être d'une taille microscopique. Et leurs jouets à peine plus grands qu'une cacahuète. Leur lit qu'une boîte d'allumettes.

À un moment son regard croisa le mien, ce fut très bref, un regard très triste, presque comme celui des chiens des rues, mais plus vif. Je ne me rappelle plus son nom, ma mère me l'avait dit, il était inscrit sur une banderole en haut de la roulotte. J'avais insisté pour entrer dans le cirque, assister au spectacle. En vain. Mon père trouvait cela, le lion, le chameau, et la lilliputienne, tout à fait misérable. Moi, je ne comprenais pas qu'on pût parler ainsi d'êtres aussi merveilleux, simples, des êtres nés de la nuit et de l'été, couronnés de lumière. La petite reine lilliputienne venait de se retirer dans sa roulotte. J'enrageais d'être privé de voir son numéro sur la piste. Montait-elle sur le lion ? Dansait-elle debout sur le dos du chameau ? Ou faisait-elle des acrobaties ? Une dame miniature pouvait-elle tirer à l'arc ? Ma mère dut probablement détourner mon attention et ma colère avec une pomme d'amour ou une barbe à papa. Le lendemain le cirque était parti, laissant un grand vide sur la place du village. La lilliputienne avait regagné les pages de son conte de fées. Et moi celle des vagues et de la mer. Je devais avoir l'âge de sept ans, qui est celui de la raison, dit-on.

Lorsque je vis le tableau représentant Nicolas, je ne pensai pas directement à la lilliputienne. Elle était bien trop mignonne quand il était arrogant, peinte dans la vie, mystérieuse, quand il l'était sur une toile, en grande démonstration. Cependant les deux étaient apparus alors que je ne m'y attendais pas, avec la même intensité de présence, le même lever de rideau où ce que l'on rencontre touche soudain à une intimité mal définie, un noyau indistinct pris au terreau de l'être, oublié mais qui ne demande qu'à croître, qu'on en nourrisse l'amande. Ils participaient tous deux de la même cruauté de la vie.

Une autre source présidait à ces noces imaginaires, une source plus secrète, un filet d'eau de l'âme dont il me faut dire deux mots, et après je vous laisse tranquille.

Elle sourd en silence de l'Évangile de Matthieu, au passage dit du « Jugement des nations », à l'heure où le Fils de l'homme vient pour séparer les brebis des boucs, les bénis des maudits. À l'heure du plus petit. Lorsque le Roi dira : « Toutes les fois que vous avez fait cela », et cela c'est le nourrir, le désaltérer, l'accueillir, le vêtir, le soigner, « à l'un des plus petits de mes frères » et celui-là, on le connaît puisque c'est chacun de nous, « c'est à moi que vous l'avez fait ». L'inverse vaut tout autant, et ce qu'on n'aura pas fait au plus petit, c'est au Roi qu'on ne l'aura pas fait. Il en va de la peine et de la vie éternelles, c'est-à-dire de chaque instant de l'existence.

Le plus petit, je l'avais devant moi sans le savoir, peint par un certain Trubenbach en 1752. Le roi, je n'en connaissais que la nationalité indiquée par le cartouche : polonaise. Le royaume, je le devinais intérieur, lointain, vers lequel cheminer demandait la grande vertu du sacrifice, et le petit sacrifice des vertus. Ma mère, outre les récits de Gulliver qui, lui aussi, avait fait l'expérience d'être géant chez les Lilliputiens et lilliputien chez les Géants, me racontait souvent l'histoire du Petit Poucet. Qu'il fût le plus petit des sept frères justifiait à mes yeux qu'il sauvât sa famille, trompât l'ogre, parcourût le monde chaussé des bottes de ce dernier. Le pouce, dont il faisait la taille, est à la mesure de l'humanité qui du bien et du mal sait se saisir et se dessaisir. Dans les mains de Poucet, les cailloux scintillaient comme des étoiles qu'il semait en chemin.

Avant de quitter la salle des ventes, je consultai la notice très complète du catalogue. Le nain, surnommé Bébé, s'appelait Nicolas Ferry, il avait vécu jusqu'à l'âge de vingt-trois ans à la cour de Lunéville, avait été célèbre dans toute l'Europe, traité en prince et couvert de cadeaux par le roi Stanislas, et, après avoir vieilli prématurément, il était mort d'un simple rhume. La reproduction en couleur lui pâlissait le teint et, curieusement, donnait mieux à voir qu'il s'agissait d'un nain. J'achetai le catalogue.

Par la suite, j'appris que la peinture ne s'était pas vendue au prix demandé. Qui aurait voulu d'un nain dans son salon ? D'un nain si hautain qui plus est, et apparemment méchant. La notice rapportait qu'à la fin de sa vie Bébé était devenu acariâtre, puis qu'à sa mort son corps avait été autopsié, son squelette envoyé à Buffon, et que, contre toute attente, il se trouvait actuellement au musée de l'Homme.

Cette dernière information touchait soudain un point sensible. Un point douloureux et gracieux. La possibilité d'une rencontre. D'une véritable rencontre cette fois. C'est-à-dire par-delà la mort. Comme si l'enfance, mieux qu'à travers des souvenirs de contes de fées, pouvait, non pas reprendre vie mais forme, qu'il suffisait d'un peu de chair et d'encre pour en habiller les ossements. En retrouver la saveur.

Bébé vivait. J'en pressentais déjà les pitreries et les souffrances. Les joies et les malédictions. Sommeil qui pleure fait trembler les nuits.

Le plus petit deviendrait le plus grand.

Philosophie dans un pâté

Un grand souper de fête se prépare en l'honneur de « Maman putain ». Nicolas aime bien ce nom que le dauphin a donné à la marquise de Pompadour. Mieux que « Poisson » qui lui va si mal. Il y en aura d'ailleurs des poissons, servis au repas, pêchés dans l'étang de Chanteheux, les cuisiniers leur sortent les boyaux, les disposent dans des plats. Les poissons le dégoûtent avec leur ventre blanc, leur œil comme de la gelée. Il préfère celle à la cerise, à la framboise ou à la violette que Gilliers dresse dans les coupes, il aimerait bien y tremper un ou deux doigts, ou dans une crème glacée, au risque de prendre un coup. Les cuisiniers sont gens brutaux, pressés, s'agitant par dizaines sur leurs fourneaux ou du côté de la rôtisserie, les bras encombrés de viandes, de volailles, débouchant de la paneterie, de la fruiterie avec leurs paniers, menaçant de le renverser, ou armés de couteaux, d'écumoires, de seringues, de poudrettes et de tournebroches. Certains apprécieraient de le voir sur la grille, à la broche ou au court-bouillon, mais il leur en coûterait un bon coup de pistolet, ou de son épine, juste et bas, aux parties. C'est Stan qui la lui a donnée en même temps que sa veste de hussard. Elle est tranchante et pointue, dans son fourreau de cuir, au côté gauche, et le pistolet est chargé, les cuisiniers n'ont qu'à bien se tenir.

Montauban est descendu avec lui aux cuisines, il s'accroupit pour lui expliquer une nouvelle fois les consignes du roi qu'ils ont répétées hier et avant-hier, comme s'il n'avait pas compris, il n'est pas idiot tout de même. « Maman putain » sera sur la droite, l'abbé de Bernis près d'elle, auquel il serait de bon ton de couper une oreille, mais passons ; la petite Linanges de l'autre bord, assise avec le chevalier de Vintimille et la Villancourt, qui mériterait bien elle aussi de tâter de son épine ; l'ambassadeur et sa suite en bout de table flanqués de ce grand échalas de La Galaizière ; Tressan et Stanislas à l'opposé avec sa grosse Boufflers, Panpan Devaux et Kast. Au signal du cor de chasse, il doit se préparer, on abaisse le pont-levis, un grand cri et le tour est joué. Montauban sourit de ses dents déchaussées, il aimerait voir ça, mais chacun à sa place et les cochons seront bien gardés.

Sur une table longue, Treno, le chef des cuisines, a disposé un gigantesque pâté en croûte en forme de château fort avec ses remparts, son chemin de garde, ses tours et un donjon au beau milieu, percé de meurtrières. Bébé n'en a jamais vu d'aussi splendide et odorant, une armée pourrait y tenir, tout un fourniment de canons, de bombardes, d'arquebuses. « Tu vas être là-dedans comme un vrai coq en pâte. » Les marmitons s'esclaffent, Treno sourit de son mot, les bras croisés sur un gros ventre ceint d'un tablier blanc, son couteau au côté. Qu'il le tutoie l'agace un peu, ce n'est pas ainsi qu'on s'adresse à un hussard, surtout avec ce bonnet ridicule qui lui retombe sur le front. Mais sa citadelle est très réussie et les créneaux appétissants. Les marmitons, de chaque côté, retirent le donjon d'où s'élève un fumet de viande et de girofle. Montauban le prend à bras-le-corps et le dépose dans le pâté. « Ne va pas me grignoter la croûte, au moins ! » Nicolas ne répond même pas. On rabat le donjon sur lui, cela embaume la volaille, le demi-jour d'un jus de truffe. Les voix des cuisines s'assourdissent, il s'assoit dans la tiédeur souple de la croûte, en prenant garde de ne pas tacher sa veste. L'ombre remue à ses côtés : il s'en doutait, Piccolino l'a précédé dans le château.

La première fois qu'il a vu le nain, un orage effrayant battait d'éclairs les fenêtres. À chaque coup de tonnerre, la chambre tremblait au point de s'écrouler. Mais Piccolino n'avait pas peur, il souriait, au pied du lit, en chemise, le visage balafré d'éclairs, comme s'il connaissait les ténèbres et leurs secrets. Il a prononcé quelques paroles d'une voix grave, rassurante, puis s'est assis sur le lit. Ils ont parlé des heures entières, Nicolas ne se rappelle plus quoi, car les mots ont du mal à se plaire longtemps dans son esprit. Au matin, Piccolino avait disparu, laissant sa chemise sur la banquette, bien pliée, quand la sienne il la jette en boule d'ordinaire. Sans doute avait-il jugé bon de le laisser dormir, d'aller courir sous la pluie. Une petite flaque d'eau mouillait encore le bas de la fenêtre.

La plupart du temps, il le rencontrait à la fin du jour, au bout du parc, dans des endroits où personne ne va, à l'instant où l'on s'y attend le moins et qu'il est seul à décider. Il a un regard aimable, de larges mains qui lui servent à parler, des cheveux noir corbeau, des lèvres étroites, un visage sérieux et serré comme un poing. Au moment de se retirer – après quelques minutes ou plusieurs heures – il lance les deux mêmes mots « Paix et fraternité », et file sans crier gare. On ne peut rechercher son commerce par soi-même car il n'appartient à aucun lieu ni maître connu. Malgré son nom étrange, il n'a pas d'accent, d'ailleurs sa bouche ne bouge presque pas lorsqu'il babille.

« Alors, te voilà prêt pour la guerre ? » D'une meurtrière, un court rai de lumière tombe sur sa joue. La bonne odeur de viande flotte dans la pénombre. Piccolino fronce le nez, étend la main pour détacher un morceau tendre, le porter à la bouche. Les cuisiniers n'ont pas encore disposé le pâté sur la table volante qui bientôt traversera le plancher pour apparaître aux convives. Malgré les murs en croûte, leurs cris résonnent où l'on reconnaît la voix tonitruante de Treno, celle étouffée du chef d'office Joseph. « La race humaine est une fourmilière émue et échauffée, dit Piccolino, elle se heurte, se foule, s'écrase, se détruit elle-même. Deux désirs la maintiennent dans ce constant conflit : la guerre et l'amour. Mais l'amour est une guerre, la vraie guerre, n'est-il pas ? »

Nicolas d'abord ne répond pas. Piccolino tourne ses phrases avec tant de bonheur que mieux vaut rester coi. Et puis, l'amour, il n'y a jamais pensé. Panpan Devaux, le lecteur de Stan, en parle souvent dans ses poèmes, et de la guerre aussi. Alors il s'enhardit : « La guerre est bonne, Piccolino, on y rencontre honneur et gloire. » Le nain sourit de sa saillie apprise par cœur, attrape un lardon qui dépasse : « On y rencontre aussi la mort. Et la souffrance. As-tu peur de la mort, Nicolas ? », et il croque dans le lard. Du jus gras lui coule sur le menton qui donne envie de manger. La mort, il s'en souvient, celle d'une poule laissée derrière lui par un renard, son odeur et ses vers. Cela l'avait bien effrayé. Pour lui, il ne sait pas au juste, sans doute, oui, à cause du grouillement des vers. Piccolino s'essuie la bouche d'un revers de manche : « Laisse-moi te raconter une histoire. » Il cale son dos contre la croûte et commence.

« J'ai rencontré il y a fort longtemps un chevalier qui, comme toi, aimait la guerre, les honneurs et la gloire. Il y risquait sa vie à chaque instant, vie d'aventures et de galanteries qu'il n'aurait voulu quitter pour rien au monde. De sorte qu'un jour, prenant les devants, il alla trouver la Mort – il savait où la trouver, les champs de bataille ne manquaient pas – et il lui proposa un pacte. Je ne sais comment il fit pour la convaincre mais la Mort accepta : il s'engageait à lui fournir quelqu'un qui prendrait sa place à l'instant du trépas. Bien entendu cet accord lui coûtait beaucoup d'or, un or qu'il volait la plupart du temps, mais il s'arrangeait toujours pour trouver un jeune bougre se jugeant éternel, prêt à signer le parchemin et empocher l'argent tombé du ciel, de sorte qu'au moment de mourir, au combat le plus souvent où il était devenu acharné, mais aussi en raison de ses mauvaises fréquentations, tant au jeu qu'auprès d'épouses aussi nombreuses que légères – plus aucun danger ne l'arrêtait à présent – la mort, au lieu de l'emporter, s'emparait de l'un ou l'autre, plus ou moins bien récompensé, à des kilomètres de là, ou dans la même ville, la même maison parfois. Cette impunité lui était tant montée au cerveau qu'il imagina même s'homicider pour voir l'effet que cela procurait. Te rends-tu compte, Nicolas, à quel degré de perversion le chevalier se complaisait ? »

Bébé hoche la tête, il apprécie les histoires de chevaliers, et celui-ci a l'air vraiment malin. Il le voit, invincible, taillant ses ennemis en pièces. Cela lui ouvre l'appétit. Il gratte la paroi, en détache un lambeau, le meilleur selon lui, la pâte toute imbibée de jus. Piccolino reprend le cours de son récit.

« Mais la Mort, vois-tu, lassée du nombre de défunts, ne l'entendait plus de cette oreille, d'une part parce que cela lui donnait un surcroît de travail, de l'autre parce que ces substitutions de vivants enfreignaient peu ou prou la morale. Aussi, prétextant un calendrier chargé, de nouvelles guerres en cours, exigea-t-elle du chevalier qu'il lui fournît des sujets âgés, près de la fin si possible, et bien décatis en tout cas. Leur accord n'en souffrirait pas et elle lui en serait reconnaissante. N'y voyant pas malice, le chevalier accepta, repartit à ses batailles et à ses belles, trouva un vieillard, puis, augmentant la somme, un deuxième, mais le troisième lui dit que pour le peu de temps qu'il lui restait à vivre il ne voulait pas tenter le diable. Un autre lui fit une réponse similaire. Que feraient-ils de tant d'argent, ils tenaient le compte des jours qui passaient et l'espoir de les voir durer le plus longtemps possible ne pouvait se satisfaire de métal, fût-il d'argent ou d'or. Il eut beau s'escrimer à dénicher de nouveaux vieillards plus complaisants, rien n'y fit. Le chevalier comprit que la mort se jouait de lui. Plus les hommes se rapprochent d'elle, plus leur misérable vie leur est précieuse. Tout le livrait désormais aux dangers redoutés, à une pauvre existence de mortel, à la plaine commune, loin des sommets, condamné à vivre caché, à trembler dans la bataille et dans les adultères. Puis, alors que tout semblait perdu, lui vint une idée. »

Pendu à son récit, Bébé est bouche bée. Quelle idée ? Quelle idée, Piccolino ? Dis-moi ! J'entends les marmitons prêts à livrer combat, ils déplacent la citadelle pour l'envoyer là-haut. Il nous reste peu de temps. Ne sens-tu pas comme elle bouge ? Je veux savoir la fin !

Le nain a un petit rire, on dirait une toux.

« Il venait de m'apercevoir. Nous étions dans une taverne, à la frontière de la Hollande, je crois.

Il me régalait de chopines tout en me racontant l'histoire que je te rapporte. Je l'écoute, le laisse venir, et il me propose de signer son papier contre tout ce qu'il possède, une somme rondelette à laquelle il ajoute une bague de prix, celle que j'ai au doigt, regarde ! Selon lui je ne risque rien car je suis nain, et par conséquent si peu humain que la mort ne pourra rien contre moi. Voudrait-elle d'un demi-homme quand l'accord en réclame un entier ? Au pire, j'arriverais bien à lui échapper, les nains s'entendent à jouer de vilains tours, et faire passer des vessies pour des lanternes. Avec l'argent, je pourrai m'établir, prendre femme à ma convenance, rouler carrosse, ouvrir commerce. Il argumente tant et si bien que je ne suis pas loin de céder. C'est aussi qu'il a raison sur un point : nous sommes, nous les nains, les représentants d'une race ancienne, d'avant les hommes. D'avant leurs guerres, d'avant leur mort. Nous vieillissons plus vite qu'eux pour cette raison, portant sur notre visage, dans notre chair les traces de ces âges lointains. Je me garde bien de le lui dire, les hommes ne doivent rien savoir de qui nous sommes, Nicolas. Mais tu sais cela comme moi. Aussi, face au chevalier dont le regard à cet instant brûlait de terreur, je dis que je me rends à son désir, qu'il aille quérir l'encre et la plume, je signerai ce qu'il voudra. Puis je termine ma chopine. Il est bientôt de retour, déplie le papier devant moi, je trempe ma plume et signe pendant qu'il me remet bague et argent. Mais je paraphe le papier de son nom dont il a bien voulu m'instruire. Et que soudain il aperçoit au bas du parchemin. Un terrible cri lui échappe, il cherche à saisir la bourse, mais c'est à mon tour de crier au voleur, de dégainer ma dague, et, de bon droit, devant témoins, de la lui enfoncer dans la gorge. Le chevalier tombe raide mort, la tête sur la table. La mort peut enfin l'emporter, je la devine derrière lui à l'ombre amicale qu'elle rompt. L'âme d'un nain n'a pas de prix. La haine vaut valeur d'amour. Un noble chevalier qui se croyait malin l'aura appris à ses dépens. Voilà tout. »

Nicolas, debout, bat des mains. Piccolino s'y connaît en histoires. Celle-ci est la plus fameuse de toutes, et la dague dans la gorge une merveille, il faudra qu'il la raconte à Zizi. Au moins la fin. Le château fort s'ébranle, un cuisinier glisse un œil dans une fente, il est temps de se calmer, mon petit, on place le pâté sur la table volante. Bébé s'assoit. Il est aux anges.

La chaleur est devenue étouffante dans la citadelle, Nicolas a hâte de s'en extirper. Il charge son pistolet, regarde par les meurtrières les invités, leurs visages étonnés. Stanislas sourit, fait un geste discret de la main. La plupart des héros sont des fléaux brillants qui désolent la terre, Nicolas s'apprête à devenir l'un des meilleurs. Le cor de chasse joue alors la note attendue, et il s'élance hors du château, fait valdinguer le plafond, et d'un grand coup de botte abat tout un pan de muraille croustillante. L'air frais emplit ses poumons, il se sent comme un géant foulant aux pieds les créneaux du chemin de garde, écrasant sur son passage lardons et ris de veau, un géant qui lâche au milieu de la table une salve de pistolet. Les dames se mettent à crier, quelques gentilshommes avec elles qu'il met en joue, leur cervelle pourrait bien compléter la garniture du pâté, mais l'arme ne tire qu'un seul coup, dommage! «Maman putain» est bien jolie avec son regard d'enfant affolé, son nœud de satin parme au cou, les mains en l'air, près de sa gorge. Dégainer l'épée du fourreau, aviser sur l'un des dormants de table une pyramide de fraises et, en un tour de poignet ferme, en décapiter le sommet est l'affaire d'un instant, puis rééditer cet exploit dans une autre de bigarreaux, voilà leur sang qui gicle et se répand sur la nappe. La véritable valeur brave le péril sans négliger les ressources, dit-on, et des ressources, il n'en manque pas. Asperges blanches dont on décoche la flèche encore tiède dans le décolleté des dames, raviers de sauce à renverser, avelines à projeter en boulets aux visages éberlués, meringues et massepains à bombarder à leur suite, verres à briser sous le talon, pastilles de chocolat et de violette pour cribler à tire-larigot, et perles de nonpareille colorée à lancer en pluie par-dessus les perruques.

Mais c'est aussi qu'il faut courir sur un champ de bataille, ne pas laisser à l'ennemi le temps de la riposte, jeter couteaux et fourchettes au travers des vitres ensoleillées, crier à tue-tête pour couvrir le râle des blessés. Leurs mines défaites et réjouies décuplent l'ardeur du héros. Il en est une qui mérite qu'on s'y attarde, celle du chevalier de Vintimille, en jabot perle et gilet brodé. L'épée se dresse, le jarret se tend et en un rien de temps nous voici sur lui. Garde, feinte de quarte, fouetté, et coup d'estoc, le chevalier saisit son assiette en bouclier. Ah! L'on rit moins à présent! La lame frappe la faïence qui tient bon, une chance pour lui, la gorge était visée. Mais voilà qu'il se lève, quitte la place! Victoire! La guerre est chose sérieuse, le héros en récoltera les lauriers. Piccolino peut être fier de lui. Il s'est éclipsé à nouveau, comme à son habitude. Le jour lui blesse l'âme et les yeux. Tant pis. On lui relatera tantôt ce combat.

Nicolas est tout ébouriffé mais sa veste de hussard n'a pas eu à souffrir. Les convives l'applaudissent, l'acclament, lui jettent des diablotins au chocolat et des dragées comme il se doit pour un vainqueur. Il rengaine son épine tachée de jus saignant et s'assoit sur un morceau de tour en grignotant une praline. La citadelle éventrée laisse bailler ses entrailles de viande dont un serviteur coupe de fines tranches. Le roi, du bout de la table, l'appelle pour le féliciter, le déposer sur son gros ventre, le caresser. Lui aussi est fier de son guerrier, qu'il fait passer de bras en bras. « Maman putain » sent bon le musc et le jasmin. Un éclat de cerise a souillé sa dentelle. Bébé lui fait son compliment, celui que Stanislas lui a appris. Un grand sourire illumine ses yeux, lui rappelant il ne sait qui, une autre dame, une autre vie. Puis elle le tend à sa voisine. Il est plus léger qu'une plume, dit-elle en souriant à son tour. Nicolas pense à celle de Piccolino signant le parchemin de la mort. Avant qu'il s'élance du pâté, il lui a soufflé quelques mots – il ne se rappelle plus pourquoi, il y était question de courage et de honte, d'un rêve que les hommes font éveillés, mais lequel ? il serait en mal de le dire –, puis il a conclu par son salut : « Paix et fraternité » ; cela l'avait revigoré. La race des nains est forte, leur sang tiré de la terre roule dans chacune de leurs veines. Le plus petit d'entre eux est comme le plus grand des hommes. Ne l'a-t-il pas prouvé à l'instant ?

Mais l'ennui lui pèse à présent. L'heure est venue de retourner dans son appartement. Il a demandé à Montauban de lui apporter des petits pois, un peu de croûte et des cerises. Il dînera en veste de hussard. Puis on amènera Zizi pour qu'il joue avec lui. La journée ne fait que commencer. Piccolino les rejoindra peut-être. Ou pas. Peu importe. Il a encore à l'oreille le bruissement apaisant de sa voix. Paix et fraternité.

Nos peuples

L'ennui réduit parfois le monde à un petit pan de mur que l'humidité et les mousses recouvrent d'yeux sans visage. S'ils ne vous regardent pas, on dirait pourtant qu'ils vous voient, tentent d'empoisonner le peu de joie à votre disposition. Le soleil a beau dire, tout demeure aveugle, et la mélancolie finirait par gagner la partie, vous murer dans son affreux crépi si on la laissait faire. Nicolas sait cela, et comment alors s'en détourner pour aller d'un pas vif se réfugier dans la maison que le roi lui a fait construire dans un des salons du château.

Stanislas avait eu très peur. Depuis quelque temps, des rumeurs circulaient de cour en cour affirmant qu'on voulait lui enlever Bébé. Des émissaires russes avaient été surpris à rôder dans le pays lorrain. Plusieurs lettres avaient été interceptées faisant mention de Nicolas, de sa réputation de créature extraordinaire. L'Europe entière, et plus particulièrement la cour de Russie, enviait l'ancien roi de Pologne de posséder un tel trésor. Stanislas connaissait le goût démesuré des Russes pour les gens de petite taille. L'impératrice Anna Ivanovna avait par le passé collectionné toutes sortes d'êtres plus ou moins monstrueux, et Stanislas se rappelait le mariage du bouffon Galitzine avec la vieille Boujeninova, et de leurs demoiselles d'honneur, une petite bossue et une minuscule cul-de-jatte, leur absurde nuit de noces dans un palais aux murailles de glace. Il avait décidé de faire tripler le nombre de valets autour de Nicolas. S'il était des dangers inévitables, il en était d'autres où l'on donnait par imprudence, et beaucoup plus qu'on pouvait éviter avec un peu de précaution. Aussi avait-il fait bâtir une adorable maison sur roulettes munie d'un jardinet, d'un vestibule et d'un salon au rez-de-chaussée, d'une salle de billard et d'une chambre à coucher à l'étage. Le tout garni d'un mobilier élégant, d'un service de table, et de quelques cages à oiseaux. Le toit de la maison touchait presque le plafond du salon. Bébé pourrait s'y sentir à son aise, dîner en compagnie, dormir en toute sécurité. Et le roi sur ses deux oreilles.

Nicolas, assis dans son fauteuil à la tapisserie douillette, observe ses oiseaux dans leur cage. Leurs cris percent un peu les oreilles, peut-être ont-ils faim, ils bondissent d'un perchoir à l'autre sans déplier leurs ailes, tournent leur tête de petits automates à plumes. Leur corps semble doux et si léger qu'on pourrait le saisir, le presser, le sentir craquer. Nicolas a cette pensée souvent, non pas que leurs chants ou leurs sautillements incessants l'agacent, mais il aimerait voir comment le sang jaillit, s'ils en ont même, deux ou trois gouttes tout au plus, deux ou trois gouttes de sauvagerie. Il ferait cela en cachette du roi. Rien que le temps d'une plume. Pour chasser l'ennui. Le roi chasse bien, lui, et ses oiseaux dorés s'alignent régulièrement sur sa table, le cou penché sur les faïences. Un chardonneret ou une fauvette, qui en prendrait ombrage ? Nicolas dirait qu'ils sont tombés tout raides, et Casten, qui pour être médecin n'en est pas moins bon peintre, pourrait ensuite les dessiner. C'est si joli un oiseau mort dans le coin d'un tableau.

Dans le grand livre aussi il y a de beaux oiseaux, de grandes grues au cou noir, blanches ou couleur de cendre bleue, au bec aigu, à la patte sèche et longue, comme brûlée. C'est Piccolino qui lui a donné le livre du Peuple nain. Chaque fois qu'il l'ouvre, un frisson de plaisir et de peur lui parcourt l'échine, gagne son ventre jusque vers ses parties intimes. Un soir il s'est même oublié, mouillant ses culottes. Piccolino l'a averti, les images agrandissent l'âme et l'ouvrent ; pour tourner les pages, il faut faire preuve d'une grande prudence, puis l'amour vient, quelquefois la mort. La vérité toujours.

Le papier en est un peu rugueux, surtout à l'endroit des gravures, on le caresse et le frisson se change en feu. Panpan a voulu lui en faire la lecture un jour mais il a refusé. Panpichon va trop vite et il parle trop fort, à cause de Stanislas qui est sourd. Non, il préfère quand c'est Montauban, avec sa voix de grêlé.

Gérana, la Mère des Nains, à la longue chevelure noire, est si belle que Nicolas en hoquette à tous les coups. Les Nains l'honorent comme une déesse, déposent des présents, des nourritures exquises, elle habite la terre mais n'appartient qu'au ciel dont elle méprise les dieux qui, de colère, la transforment en grue. De dépit, le Peuple nain se retourne contre elle et la pourchasse. La guerre est déclarée entre les grues et les Nains, et depuis lors elle continue. Il faut voir comment les petits guerriers s'y prennent à plusieurs pour protéger leurs moissons, fondre sur leurs proies et les rouer de coups, comment les grues emportent dans leurs serres les assaillants, un à la fois, dans leur bec acéré, pour en faire ce que Nicolas ose à peine imaginer. La reine des grues lance alors son horrible appel : « Venez toutes ici, mes sœurs ailées, vous qui paissez dans les champs bien semés, tribus innombrables de grignoteurs d'orge, race des picoreurs de grain, au vol rapide, au doux babil, et vous toutes qui gazouillez d'une voix joyeuse ! »

Lorsqu'il avait demandé à Piccolino pourquoi les grues haïssaient leur peuple, de sa bouche tordue, avant de répondre, ce dernier avait émis un long soupir. « Les grues vivent plus de mille ans, mon frère, elles sont puissantes, leurs œufs servent à préparer une drogue d'immortalité et leur danse annonce la venue des Immortels. Qu'elles soient stupides et fidèles ne change pas leur capacité à se régénérer, et parler leur langage donne à celui qui le connaît le pouvoir de déclencher le feu où il le désire, d'incendier le monde. La haine est une subtile forme d'amour, vois-tu. Notre peuple y consacre le plus clair de son temps. Elle est notre loi, notre fardeau et notre gloire. »

Montauban tourne une nouvelle page, allume deux chandelles et comme il a encore oublié d'en moucher la mèche, les flammes s'élèvent en tortillons de suie. Puis il reprend sa lecture. Mais la voix des Nains se perd dans le blanc du papier, le livre ne dit rien des paroles qu'ils échangent, Nicolas croit pourtant entendre les cris, sa gorge pourrait le pousser de concert s'il voulait. Sur l'une des images, un guerrier se tient à califourchon comme lui le faisait sur sa chèvre. La baguette de peuplier qu'il tenait alors en main a fait place à une flèche. Nicolas tue un renard par la pensée. Le goût du sang lui monte aux lèvres.

Le livre raconte bien des histoires encore, certaines héroïques, joyeuses, d'autres tristes. Celle de Domitien et de son nain Lucius le réjouit toujours.

L'empereur assis dans son palais s'adresse à Lucius qui, debout, vêtu d'écarlate – Nicolas aime ce mot et l'image de Lucius avec son manteau aux larges plis tombant de sa poitrine musclée – brandit un glaive d'argent. Domitien a rassemblé une troupe de gladiateurs nains dont Lucius est le chef. L'arène s'apprête à vivre un grand jour de massacre. Armés de piques, de fourches, de coutelas pointus, coiffées de casques, les chers petits êtres saluent César. L'empereur lève le bras, et on lâche les grues que les gladiateurs égorgent et taillent en pièces. Nicolas ne se lasse pas de cette image où les héros bombent le torse au milieu du charnier. La suivante, en revanche, le peine plus qu'il ne saurait dire.

Souvent il en détourne les yeux. Puis y revient.

Les empereurs et les rois sont pareils à tous les hommes, et leur mépris des petits finit toujours par l'emporter sur l'affection ou la pitié qu'ils leur témoignent. Qu'il soit aisé de faire souffrir n'est pas une preuve de puissance, encore moins de clémence, mais le geste souvent précède la pensée, et l'on écrase alors l'insecte de passage sans intention mauvaise.

Domitien avait fait combattre ses gladiateurs contre de très belles femmes, esclaves prélevées dans l'Empire. Montauban, pour cet épisode, ralentit sa lecture à tel point qu'on entendrait une mouche voler. C'est qu'il épluche du regard chaque dessin des filles en partie dévêtues, ou ceintes de tuniques transparentes laissant apparaître leurs formes. Le combat commence à peine que les yeux lui sortent de la tête au premier coup de glaive qu'un gladiateur porte à la cuisse d'une esclave. La main de Montauban tremble à cet instant mais c'est qu'il connaît la suite, la page suivante fait apparaître l'image d'une femme nue, qui saisit un des chers gladiateurs pour le lancer avec violence contre les grilles derrière lesquelles attendent les animaux sauvages. Le pauvre petit s'y brise comme un pantin, et déjà la patte d'un fauve s'avance vers lui.

Nicolas préfère fermer les yeux, arrêter la lecture, merci bien Montauban, ce sera tout pour aujourd'hui. Le valet esquisse un sourire de connivence, se lève et se retire.

Les hommes sont une race sévère et cruelle, d'une veulerie indescriptible, le moindre de leurs gestes fait décliner le goût qu'on pourrait en avoir, et Nicolas aime mieux la solitude à leur compagnie. Du reste Stan n'est pas éloigné de penser comme lui, l'homme n'est qu'un simple atome, dit-il à qui veut l'entendre, bien plus petit qu'un nain, hasardé du néant, une miette en quelque sorte tombée d'un mauvais croûton de pain. Incomestible au demeurant. Une crotte de bique est un délice en comparaison. Et les biquettes donnent du lait, elles au moins. On peut voyager sur leur dos en se tenant au crin de leur encolure sans craindre de rencontrer des grues, ou alors malheur à elles, un coup de corne aurait vite fait de les envoyer *ad patres*.

C'est Stanislas qui a fait relier le livre du Peuple nain dans un maroquin rouge à grain long, encadré de listels mosaïqués couleur citron, aux plats ornés de filets et de fines roulettes dentelées et dorées, frappé des armes de Nicolas, deux grands B d'or enlacés et couronnés d'une guirlande de laurier, comme il convient aux vainqueurs. Il a fallu utiliser une large peau de chèvre, la tanner avec soin, la teinter de noix de galle, pour parvenir à cette douceur d'épiderme où la main s'égare. L'or en son centre est si brillant qu'on peut s'y refléter. L'ouvrage ne porte pas de nom d'auteur, anonymat qui dit mieux que tous les discours combien les nains savent rester humbles.

C'est aussi qu'existent plusieurs peuples parmi le Peuple. Le livre s'ouvre sur cette maxime de haute morale connue de toutes les nations : « Un nain vaut mieux que deux tu l'auras », et se poursuit par une galerie de nains célèbres dont Nicolas feuillette les portraits non sans une fierté secrète mêlée d'envie.

Son favori, c'est Tom, chevalier de la Table ronde, pas plus haut qu'un pouce mais brave à faire trembler la terre. Sur le dessin, on le voit entouré de ses frères d'armes, les mains posées sur l'immense table, le dos bien droit, comme un jouet. Qui pourrait rivaliser avec tant de noblesse résumée dans un si petit être ?

Certaines rencontres l'étonnent et le fascinent, le déçoivent aussi parfois. Tout un chapitre est consacré aux plus illustres de ses frères dont l'histoire a retenu une anecdote ou un détail à l'ombre des grands de ce monde. Pour l'occasion il enfile sa veste de hussard, fait quelques pas, claque les talons, comme à la revue des troupes. Grandjean à la tête d'épingle sort du rang le premier, l'écuyer du roi de Sicile, en grand col blanc sur une veste de velours noir, suivi de Triboulet, le page de François Ier, accompagné de sa femme Marie, à la cour de la reine Claude, et de Ninon, affectée au service de la princesse Charlotte qui lui donna cent écus d'or au soleil pour qu'elle trouve à se marier. Viennent ensuite Merville, Bezon et

Augustin Romanesque coiffé d'un haut bonnet à la turque dont Henri II a fait la fortune, flanqués de leur gouverneur, le petit Nometon, un moine celui-là, de très petite taille, au nez busqué, aux yeux pétillants. Puis c'est à Albert de Xanica, Merlin et Marin Noël de montrer leur frimousse en habit d'huissier du cabinet du roi Henri IV. Nicolas les apprécie moins, avec leur livre à la main, leur air de tout savoir. Il leur préfère Luisillo, admirable de tête, conduisant son petit monde à la baguette sous le regard de Charles II d'Espagne. Ou mieux encore, Antonio, en habit de prince doublé de fourrure, couturé d'or, l'épée au côté, la main posée sur l'échine de son dogue, tenant de l'autre le sceptre magnifique de sa marotte. Quelle noblesse dans son port de tête et quelle façon de se planter droit sur ses jambes ! Combien il eût mieux gouverné ses peuples que tous les Charles Quint, cardinaux et évêques réunis !

Nicolas dépose le livre sur la table. Ses doigts ont trop feuilleté de pages. Ils se recroquevillent comme font les petits animaux qui ont faim ou sommeil. La tête lui tourne, comme après un verre de tokay. L'image suivante, il ne la connaît que trop, gravée à la manière noire, montrant Jean Wormbergh, la rareté de l'Univers, de la fameuse cité de Londres, en mousquetaire, barbe et moustache, coiffé d'un chapeau à large bord et s'apprêtant à dégainer l'épine. Un gentilhomme à canne se tient près de lui, une boîte à ses pieds de laquelle, imagine-t-on, Jean vient de jaillir. Cela se passe dans Stock Market, à *La Touffe de plumes*, près du *Roi à cheval*, où le petit homme, deux pieds, sept pouces, est visible à toute heure du jour, et disposé à se rendre dans les maisons et logis des personnes de qualité qui le désirent. Sur la gravure, on devine au fond noir comment Jean a fini son existence, sa présence dans la boîte où on le transporte à l'abri des curieux, la passerelle qui cède sous l'homme qui la tient au moment d'embarquer, la chute dans l'eau glacée du port, les petites mains qui tambourinent contre le bois de la boîte transformée en cercueil. L'âme de Jean Wormbergh file au fond de la mer, visite les poissons, apprend du sable la chanson.

Nicolas n'a jamais vu la mer mais dans les bassins du château il quête parfois un signe.

C'est par les longs jours de pluie qu'il aime parcourir la galerie de ses petits amis disséminés dans toute l'Europe. Le feu pétille dans la cheminée. L'odeur humide de la pluie s'invite dans la pièce.

Le Peuple nain a plus d'un tour dans son sac. Louis Crane, le Petit Lapon, le sieur Akeneil, tous petits hommes de grand talent, n'ont rien à envier aux messieurs qui les conduisent sur les foires, vendent leur corps à la médecine, exposent leur squelette à la devanture des tavernes. Leur célébrité traverse les siècles. Et à leur mort, leur âme, trop à l'étroit dans la cage des nerfs, s'élance pour fleurir le paradis des hommes. C'est du moins ce que raconte Piccolino. Nicolas n'y croit pas vraiment. Le paradis, il ne l'a vu nulle part, ni dans la campagne, ni à la ville, pas plus dans les yeux des chiens, la nuit, ni quand le jour se lève, et jamais un ange à l'horizon, non merci, trop haut pour lui, ce paradis, trop loin. L'ici-bas lui suffit, et une veste de hussard de temps en temps, ou un bel habit, comme à Simon Pape sur cette gravure où il fume la pipe, en veste de soie couleur cendre ornée de larges boutons, en longue culotte flottante de satin, gilet et bas de soie blancs, boucles d'argent à ses chaussures, et plusieurs bagues aux doigts. Elle lui fait battre le cœur, cette image, de plaisir, de fierté et d'un peu de convoitise aussi. Comme celle d'un frère en voyage qui ne viendrait jamais le voir, ne lui envoie que son portrait de l'autre bout du monde. Et ce monde est vaste, sans limites, inaccessible, comme le paradis.

Nicolas referme le livre. La pluie vient de cesser. Ou le soleil de briller. Il est grand temps d'aller faire quelque niche à Stan ou à ses invités.

Un ange à demi mûr

La seconde fois que j'ai rencontré Nicolas, c'était dans une pièce nue éclairée au néon. Après quelques recherches sur internet, et une fois ma demande agréée, j'avais pris rendez-vous par mail avec Martin F., chercheur anthropologue du musée de l'Homme à Paris. Nous étions convenus d'une heure, je devais me présenter à l'accueil des visiteurs où il me rejoindrait. Une file d'attente s'étirait à l'entrée, peuplée de nombreux enfants, en vacances scolaires. Je m'étais mis dans la file, présenté, et Martin F. était venu me chercher, puis nous étions descendus dans les réserves des sous-sols où m'attendait, derrière je ne sais quelle porte coupe-feu qu'il fallait franchir à l'aide d'un badge, Nicolas Ferry, dit Bébé, nain du roi Stanislas de Pologne.

Martin F. marchait le long des couloirs du pas lent et dégagé de l'anthropologue dont la recherche couvre deux millions d'années de restes humains. Il n'avait pas connu l'ancien musée dont je lui vantais le fouillis, les innombrables vitrines ternies où s'entassaient objets, sculptures, crânes et squelettes avec des étiquettes racornies, parfois écrites à la main, vitrines entre lesquelles j'avais déambulé autrefois, fasciné, délicieusement inquiet par cette multitude de trophées que le soleil ignorait et la poussière sublimait. Lui préférait la nouvelle présentation, au choix restreint, plus didactique, et à l'éclairage soigné, digne d'un grand musée moderne. Les enfants aussi apparemment.

En observant les plus petits d'entre eux à l'accueil, près de leurs parents, je m'étais figuré Nicolas, ses cheveux blond cendré, attendant son tour, le regard levé vers les grandes personnes, le nez en l'air. À sa mort, c'était Casten Rönnow qui l'avait fait disséquer par un autre Nicolas, Saucerotte celui-là, et du même âge que Bébé. Un document de l'époque précisait que « Sa Majesté Polonaise, attentive au progrès de la science, ordonna l'autopsie et de garder son squelette qui sera remis au Cabinet du Roi. » Stanislas avait aimé son protégé par-delà la mort. Les viscères, cœur compris, avaient ainsi été ôtés et déposés dans un mausolée édifié pour l'occasion dans l'église du couvent des Minimes qui, pour être l'ordre des « tout petits », consacré au dépouillement et à la pénitence perpétuelle, devait convenir parfaitement à la personne de Nicolas. Puis les chairs avaient été mises à macérer longuement dans une eau courante, à moins qu'elles eussent été bouillies comme cela se faisait aussi, et de manière trop radicale car deux ou trois carpes d'une main avaient été égarés ainsi que l'avait aussitôt remarqué le comte de Buffon. Les os avaient alors été confiés au comte de Saint Florentin, ministre des Affaires étrangères de la Maison du Roi, car la Lorraine n'était pas encore française, qui les avait remis au Cabinet du Roi, où Buffon les avait réceptionnés, mesurés, étudiés et rangés. Le squelette avait été monté au début du XIXe siècle. Je m'apprêtais à le rencontrer.

Lorsque, après avoir franchi une dernière porte, nous entrâmes dans le local, je constatai qu'il ne s'y trouvait pas encore. À sa place deux grands squelettes, dans lesquels je reconnus un primate et un homme, étaient suspendus côte à côte. Martin F. me demanda de remplir un formulaire. Il avait l'habitude de recevoir des scientifiques, et le but de ma recherche l'intriguait. Une odeur pâle, indiscrète flottait, d'os et de fer. Sur le formulaire, à la rubrique « motifs » j'avais failli écrire « poétique » ou « passion du genre humain », mais j'avais inscrit « livre » qui me paraissait plus sérieux, quoique au fond moins exact. L'anthropologue m'écoutait, il avait apporté la brochure d'une étude scientifique consacrée à Bébé, et sans doute l'avait-il parcourue car il semblait connaître certaines particularités de l'affaire. Je me demandais à quel moment il irait chercher le squelette. Alors, tout en causant, à l'instant où je m'y attendais le moins, il fit pivoter une haute boîte en carton que je n'avais pas remarquée, pour me présenter, derrière la protection en cellophane transparente, le petit corps de Nicolas. C'était bien lui, mais encore caché, ou plutôt, à la façon des poupées dans leur guérite de papier des vitrines de Noël, exposé à la convoitise de l'enfant que je devenais. Puis, en un geste lent et calculé, entre celui du prestidigitateur et celui du maître de cérémonie soulevant la cloche d'un mets de choix, l'anthropologue dévoila le squelette de Bébé.

On ne rencontre pas seulement les vivants, ai-je dit, les morts viennent eux aussi nous visiter pour nous rappeler à l'ordre. Mais là, dans cette salle où, sur une longue table enveloppée d'un plastique médical, s'étalait une demi-douzaine de crânes humains, c'était un être, non pas en chair et en os, ni en vie, mais à la frontière des deux, qui se présentait dans toute sa nudité. Dans toute son éternité. Comme habillé de cette nudité, de cette éternité. Nicolas se tenait droit, la tête haute, les bras le long du corps, dans un garde-à-vous perpétuel, comme si la mort ne le concernait pas, qu'elle n'était qu'un pis-aller, que l'essentiel était ailleurs, dans le respect dû à son rang dont chacun de ses petits os témoignait. Eh bien, à qui ai-je l'honneur ? semblait-il dire en me fixant de ses larges orbites. Nous n'avons pas été présentés que je sache.

Une tige de métal lui traversait la colonne vertébrale pour finir en une rondelle de laiton à l'occiput. Un long trait parcourait la calotte crânienne qu'on avait découpée pour en retirer le cerveau. Malgré cela il conservait cet air hautain, digne, plein de morgue que j'avais déjà pu observer dans les peintures le représentant. Un fil de laiton retenait sa mandibule dépourvue de dents ainsi que deux ressorts sur les tempes. Un autre fil reliait les côtes entre elles quand une barre d'acier maintenait le squelette entier comme sous une toise. Martin F. m'expliqua que cette façon un peu brutale de présenter les corps au XIXe siècle empêchait désormais qu'on pût les radiographier correctement. Nicolas Ferry était l'exemple parfait d'un nain harmonieux – on ne disait plus « nain » d'ailleurs mais « personne de petite taille », se reprit-il – et qu'il n'eût vécu que jusqu'à l'âge de vingt-trois ans paraissait anormal. Personnellement, il n'avait pas eu l'occasion de l'étudier, d'autres scientifiques s'en étaient occupés, mais il était probable qu'une maladie génétique avait provoqué ce vieillissement prématuré. Pour confirmer ou non cette hypothèse, il aurait fallu pratiquer un prélèvement d'ADN, sans garantie de résultat toutefois étant donné la fragilité de l'ADN dès lors que la conservation du sujet avait été exposée à de grands écarts de température et d'hygrométrie. On avait plus de chances de succès avec un crâne datant de trois cent mille ans retrouvé dans une caverne qu'avec le squelette de Bébé.

J'observais Nicolas, sa mâchoire édentée, semblable à celle d'un vieillard mais dans le corps d'un enfant de quatre ans. Je n'osais pas encore m'approcher de lui. Son long séjour dans les réserves du musée, la clarté crue de son squelette m'intimidaient. Avant de venir, je m'étais renseigné sur le chemin qu'il avait parcouru depuis plus de deux cents ans.

Une fois le Cabinet du roi transformé en Muséum d'histoire naturelle, une douzaine de salles avaient été réservées, dans la galerie d'anatomie comparée, à l'exposition au grand public des restes humains les plus extraordinaires. Nicolas s'était ainsi retrouvé dans celle, prestigieuse, du rez-de-chaussée entre le squelette de l'assassin du général Kléber, Soleyman el-Halaby dont le poing droit avait été brûlé jusqu'à l'os puis qu'on avait empalé vivant, et Saartjie Baartman, surnommée la Vénus hottentote, en raison de l'hypertrophie prodigieuse des hanches et des fesses, et qu'un certain Alexandre Dunlop avait exhibée dans des foires et des zoos humains européens. Une collection de monstres, de fœtus, de momies, ainsi que quelques crânes de guillotinés qu'on avait eu soin de récupérer après leur supplice, de criminels célèbres et d'idiots complétaient l'exposition.

Nicolas avait ensuite été remisé dans le laboratoire d'anthropologie biologique du musée de l'Homme ouvert en 1937 où il demeurait depuis lors, et où je le contemplais. Le musée possédait une collection de dix-huit mille crânes et de trois mille squelettes complets (au terme de ma visite, Martin F. m'en montrerait, dans une salle réfrigérée, un alignement d'une bonne vingtaine que le déplacement du long placard où ils étaient entreposés fit remuer des bras et des jambes dans un salut énigmatique que je n'oserais juger fraternel). Nicolas n'était donc pas seul au milieu de ses semblables. Cela me rassurait.

Je m'étais levé de la chaise sur laquelle j'étais resté assis jusque-là pour me rapprocher de lui, troublé par la perfection de son ossature, par la délicatesse de chacun de ses membres qu'on devinait parvenus à l'âge adulte malgré leur taille réduite. Le crâne surtout me semblait admirable, d'une rondeur et d'une proportion idéales, poli par le temps, comme proposé à la main, et j'imaginais celle de Stanislas s'appuyant contre la petite tête, en caressant les cheveux soyeux. L'arête du nez disait combien il avait été long, ouvert à tous les parfums du parc de Lunéville, à ceux des billets doux de Madame du Châtelet, aux odeurs des pâtés et des totsches qu'on servait au château. Les clavicules de ses épaules, plus blanches que le reste des os, lui faisaient deux épaulettes dont la mort soudain le décorait. Je m'agenouillai comme on fait devant un tout jeune enfant, le visage à hauteur du sien, en silence et pris sa main dans la mienne. La fine articulation s'enroula autour de mon doigt comme à celui de Stanislas autrefois. Je la tins un moment et la relâchai. J'étais bouleversé.

Je me suis relevé, demandé si je ne devenais pas idiot. Il ne s'agissait après tout que de quelques os. Ô mon petit Bébé, si fragile dans les langes du souvenir ! Comment pouvait-on dresser un rempart contre la mort avec si peu de chair, si peu de mémoire ? Quelle mouche me piquait de m'attendrir devant ton squelette ? Quelle souffrance intime se cachait derrière lui ?

Le surnom de Bébé m'avait toujours intrigué, et plus encore, qu'à partir d'un être si chétif, on pût le donner depuis lors aux nouveau-nés comme c'est le cas. Je ne croyais pas vraiment à l'explication de ce B sur lequel Nicolas butait en apprenant à lire, et que, le balbutiant, Stanislas avait cru bon de l'affubler. Non plus qu'à celle des bêlements répétés qu'il aurait soi-disant poussés à son arrivée à Lunéville pour réclamer la chèvre dont on l'avait séparé. Tout cela pouvait être exact en partie. L'essentiel manquait. J'imaginais une origine plus lointaine, profonde, biblique, celle de la première lettre de la Genèse, ce *bereshit* du commencement de l'univers, cette lettre Beth qui signifie « maison » et dont le redoublement correspondait justement aux deux maisons qu'occupait Bébé, l'une à l'autre enlacées. Début d'un début donc, que rien ne prolongeait. Deux B pour dire ce qui, du bout des lèvres, naît perpétuellement au jour. Bébé était un début d'homme. Un éternel début.

J'ai pris quatre ou cinq photos, m'engageant auprès de l'anthropologue à ne pas les publier. Puis Martin F. m'avait raccompagné de son pas lent à travers les couloirs jusqu'à la sortie. Aucun reste humain contemporain ne rejoignait plus désormais les collections du musée et, si l'on pouvait encore donner son corps à la science, il était interdit d'en conserver les ossements. La personne humaine était devenue en quelque sorte sacrée. Le crâne de Descartes trônait à la place d'honneur dans une vitrine du musée. La

Vénus hottentote avait été rendue au début du siècle à son pays d'origine. Les zoos humains n'existaient plus, les consciences progressaient.

J'avais remercié chaleureusement l'anthropologue. Qu'on pût sur simple demande voir l'objet de son choix m'émerveillait. Les collections étaient publiques, m'avait-il répondu en souriant. Nous nous sommes serré la main. La file d'attente à l'accueil s'étoffait de nouvelles familles accompagnées de leurs bambins, à notre joie. La culture, elle aussi, était sacrée à sa façon.

J'avais regagné le métro parisien, poussé par le vent et la pluie en même temps qu'un flot de touristes venus voir la tour Eiffel, l'esprit léger et grave, comme en retrait du monde des vivants, étonné malgré tout d'en faire partie mais sans l'adhérence habituelle, sans cette incontestable confiance qui donne à chacun de nos gestes, à chacune de nos pensées, le naturel de la vie. Sur le quai du métro, les voyageurs affluaient par petits groupes ou en couple, parlant dans toutes les langues, joyeux, riant et secouant la pluie de leurs manteaux, de leurs cheveux. Pourtant ce que je voyais d'eux, de leurs visages, et d'autant mieux une fois monté dans la rame, c'était, fiévreusement dissimulée sous la peau, l'ossature de leur squelette. Fronts et pommettes, arcades sourcilières, mains et poignets m'en révélaient la structure délicate ou robuste, sûre, fidèle, sur laquelle s'animaient l'impermanente expression des chairs, l'incalculable variété des émotions humaines.

L'image de Nicolas avait dû s'imprimer profondément en moi. Ma sympathie pour mes semblables s'en accroissait d'autant. L'os me les rendait plus proches qu'ils ne l'étaient d'ordinaire. C'est que notre conscience prend le pli de ce qu'elle contemple, de ce qu'elle éprouve, et le transpose dans la mémoire en une réalité à la fois discrète et ardente. Mon état d'âme dans cette rame de métro me faisait voir partout des squelettes et des crânes fraîchement recouverts d'une chair d'autant plus vivante et gracieuse qu'elle se doublait de son ossature rêvée. J'en étais ébloui. Oui, tout cela, le vivant, le mortel, se maintenait à l'aide de quelques tendons, pensées et sentiments « ficelés à l'os » comme aurait dit Nicolas. Lors de notre causerie, j'avais avancé l'idée devant Martin F. que la mort était le but de la vie. Il n'avait pas été certain d'être d'accord avec moi. Peut-être aurait-il été plus acceptable de parler de destination. Je venais en tout cas d'arriver à la mienne, et je descendis à la station, quittant le wagon et son lot de vivants.

De retour chez moi, je relus plus attentivement la brochure scientifique, disponible sur le net, dans laquelle l'anatomie de Nicolas était mesurée, comparée, scrutée sous tous les angles.

Passé l'exposé biométrique à la terminologie absconse, je remarquai un passage qui m'avait échappé où il était question de la découverte assez récente d'une espèce totalement nouvelle au sein du genre humain dans une petite île à l'extrémité de l'Indonésie, l'île de Florès. L'espèce en question, baptisée *Homo Floresiensis*, était arrivée là il y avait quelques centaines de milliers d'années sans qu'on pût exactement déterminer la datation exacte, mais, issue du genre *Homo erectus* de plus d'un million d'années, elle avait prospéré à l'écart de toute influence jusqu'à il y a environ soixante mille ans, date à laquelle elle se serait éteinte, probablement à l'arrivée des premiers Sapiens modernes. L'homme de Florès taillait des outils et quelques bifaces en silex et en lave, maîtrisait vraisemblablement le feu, mais surtout ses représentants ne dépassaient pas la taille d'un mètre de haut, ce qui en faisait l'espèce la plus petite parmi les hominidés. L'exposé de la brochure se terminait en comparant Bébé avec cet homme et avec la méthode de biométrie applicable aux deux.

Nicolas, j'en étais pratiquement certain à présent, n'appartenait pas à la lignée d'*Homo Sapiens*, son Peuple nain n'était pas une invention de son imagination déréglée, son comportement en apparence illogique et furtif se réglait sur des lois immémoriales remontant à une autre espèce, et son vieillissement prématuré n'était pas l'effet d'une maladie génétique ou orpheline – certains savants avaient même évoqué l'hypothèse d'une origine syphilitique –, il était le résultat de centaines de milliers d'années retrouvées dans la cage étroite d'un être projeté au beau milieu du XVIIIe siècle. Une cage où l'âme s'impatientait de retrouver les siens. Qu'elle bondît de son vivant en veste de hussard disait combien ses ailes lui interdisaient de regagner son île, combien son peuple lui manquait.

Je comprenais ce qui m'avait frappé, ému, de dignité et de silence dans son squelette : l'éternité l'avait piégé au cœur du temps. Ses grandes orbites évidées en scrutaient le terme. Toute son ossature, dressée sous la lumière crue du néon, en désirait et en redoutait la conclusion. Non, ce n'était pas moi qui avais fait le choix délibéré de raconter sa courte vie comme je l'avais cru d'abord, mais lui qui m'avait distingué pour l'en délivrer à jamais.

Je vous adore

Émilie est vive. Émilie est intelligente. Émilie est amoureuse. Cela saute aux yeux. Les siens, elle les a verts, eau de mer, et lorsqu'elle regarde Nicolas, une vague de tendresse emplit le cœur de l'enfant. Elle est assise à son bureau, une plume à la main, des livres devant elle. La fenêtre de la chambre est ouverte. Dans le jardin l'été crépite et bourdonne. Le temps idéal pour aller faire un tour, atteler la chèvre à la carriole, rendre visite à Zizi. Mais Nicolas préfère pour une fois rester avec les grandes personnes. Il a demandé la permission, juré d'être sage, on la lui a accordée. Émilie lui expliquera les étoiles. Elle possède toutes sortes de longs tubes de métal et de cuir pour les observer. Il faut attendre la nuit, coincer son œil contre la lunette, et soudain elles apparaissent. Certaines sont des soleils qui brillent au fond du ciel à des distances si prodigieuses qu'un cheval lancé au triple galop pendant des siècles n'en pourrait même atteindre le faubourg. D'autres sont des planètes qui tournent avec la nôtre autour du soleil qui nous éclaire, nous réchauffe, et fait croître la vie de ce monde. Émilie connaît son affaire. Nicolas l'écoute. Dehors le ciel est bleu, les étoiles se cachent encore, remplacées par les abeilles et les mouches.

Stan lui a expliqué qu'aucune science ne résistait à Émilie, qu'elle traduisait en ce moment même l'ouvrage d'un sieur anglais, un scientifique de premier plan, un certain Monsieur Moutonne. Drôle de nom pour un gentilhomme. Celui d'Émilie, Nicolas a d'abord eu du mal à le retenir, Gabrielle Émilie Le Tonnelier de Breteuil, marquise du Châtelet, parce qu'elle a épousé un monsieur du Châtelet, mais celui-ci n'est pas venu avec elle, et c'est un autre qui l'accompagne, avec un nom plus court, Voltaire. Stan en fait grand cas. Lui aussi écrit, paraît-il. Tout comme Stan. Et Panpan. Et d'autres encore. Il n'y a que Nicolas qui n'y arrive pas. On essaye bien de lui apprendre la lecture, mais les lettres s'embrouillent devant ses yeux, elles sont trop nombreuses, changent de place à chaque instant, sautent à peu près partout, on jurerait qu'elles le font exprès. Il ne parvient à n'en reconnaître qu'une seul dans le tas, le B. Allez savoir pourquoi. Pour son gros ventre, peut-être. Bien rebondi comme celui de Stan.

Ou ses deux boucles. Nicolas aime les boucles. Celles d'Émilie sont noires dans des cheveux qu'elle a très longs et qu'elle relève haut sur la tête. Quand une de ses mèches retombe sur son front, elle l'écarte du doigt ou du revers de sa plume. La plume est blanche et l'encre noire. Un peu de sueur perle à son front. Sa chevelure brille au soleil.

Hier au soir – ou peut-être était-ce la soirée d'avant, Nicolas confond souvent les jours, leur succession de part et d'autre du sommeil –, plutôt que de se coucher en même temps que les poules, il s'était rendu au grand salon, avait bondi dans la boîte de tric-trac au milieu de l'assistance, et Madame Pompon Moutonne – c'est ainsi que la surnomme le sieur Voltaire sans doute à cause des rubans qu'elle met dans ses cheveux – lui avait fait toutes sortes de cajoleries, placé un coussin sous la tête et chanté une berceuse. On avait applaudi la chanson, et il y avait du monde ce soir-là, Panpan Devaux, Durival, l'abbé Coyer, Saint-Lambert, Madame de Boufflers et la bonne grosse Graffigny, puis Stan avait prévenu qu'il ne fallait pas trop gâter son protégé bien que ce fût dans la nature des femmes de complaire aux désirs des enfants. Madame Pompon avait répondu tout à trac que, moins que de nature, il en allait d'éducation. Si l'on réservait exclusivement ce rôle aux femmes, c'est-à-dire aux mères, c'était en raison d'un préjugé qui attribuait à cette part de l'humanité la capacité d'aimer tendrement à tout coup ses rejetons, ce qui, même au sein de la nature, n'avait rien de l'évidence qu'on lui prêtait.

– Nierez-vous que les femmes sont nées pour être mères, et pour aimer ? s'était exclamé l'abbé de sa voix nasillarde.

Émilie avait souri, caressé le front de Nicolas – ô ce regard malicieux eau de mer – et dit :

– Je réformerais un abus qui retranche pour ainsi dire la moitié du genre humain. Je ferais participer les femmes à tous les droits de l'humanité. Pourquoi, l'abbé, depuis tant de siècles, jamais une bonne tragédie, un bon poème, une histoire estimée, un beau tableau, un bon livre de physique, n'est sorti de la main des femmes ? Pourquoi ces créatures, dont l'entendement paraît en tout si semblable à celui des hommes, semblent pourtant arrêtées par une force invincible en deçà de la barrière, et qu'on m'en donne la raison, si l'on peut ?

Comme personne dans l'assistance ne paraissait vouloir s'enhardir à répondre à ses questions, elle poursuivit :

– Je laisse aux naturalistes à en chercher une physique ! Mais jusqu'à ce qu'ils l'aient trouvée, les femmes seront en droit de réclamer contre l'éducation. Pour moi, j'avoue que si j'étais roi, ajouta-t-elle en regardant Stanislas, je voudrais faire cette expérience de physique.

Voltaire le premier battit des mains, bientôt suivi par Panpan et le roi. L'abbé avait baissé la tête, on ne pouvait pas lutter contre une femme philosophe. Bien qu'il n'eût à peu près rien compris du discours de Madame Pompon, Nicolas applaudit à son tour, redressé dans son tric-trac. Saint-Lambert ouvrait de grands yeux.

– Une telle expérience de physique aurait sans doute beaucoup de choses à nous apprendre, dit-il.

Émilie lui répondit en le toisant :

– Je suis persuadée que bien des femmes, ou ignorent leurs talents par le vice de leur éducation, ou les enfouissent par préjugé et faute de courage dans l'esprit. Quant à moi, fit-elle en se tournant vers Voltaire, ce n'est que grâce au hasard de la rencontre de gens de lettres qui prirent de l'amitié pour moi que j'ai commencé à croire alors que j'étais une créature pensante.

Nicolas s'était recouché dans son tric-trac et il empilait les dames les unes sur les autres. La voix de Madame Pompon l'apaisait comme autrefois celle de sa mère. Du visage de celle-ci, en revanche, il se rappelait vaguement les traits, jamais le contour, ou la lumière quelquefois. Mais elle s'effaçait de jour en jour comme les étoiles au matin. Stan avait pris la parole.

– Les plaisirs imprévus sont les plus agréables, disait-il. Ils ne sont pas précédés d'une espérance qui se dément presque toujours. Vous nous avez enchantés, chère Émilie, et réconciliés avec l'ensemble du genre humain.

Nicolas s'était endormi au milieu de ses dames. On l'avait ramené dans son lit, Montauban probablement. Il aimait cette sensation d'être soulevé de terre, emporté dans des bras forts, de quitter la chaleur des coussins pour ses draps frais, comme un cadeau précieux qu'on aurait fait aux rêves. Il aimait que les créatures pensantes prennent soin de lui. De son fardeau léger.

La chambre d'Émilie embaume le chèvrefeuille. Que peut-elle bien écrire tout au long de la journée ? Lorsque de l'encre tache son doigt, elle en suce le bout comme un bâton de sucre d'orge puis elle se remet au travail. Nicolas connaît la saveur de l'encre qui râpe un peu la langue. Le goût des craies lui plaît aussi. Le papier moins, acide en bouche, même si on peut en faire des boulettes pour chasser les oiseaux.

Émilie a froissé une feuille en forme de soleil et lui explique le ciel. La cerise entre ses doigts, c'est la terre qui tourne autour en une année. Nicolas en a déjà fait sept fois la révolution complète, à ce qu'il paraît. D'autres cerises accomplissent cette ronde, des plus petites et des plus grosses, toutes gravitent et tiennent ensemble en une mécanique bien huilée, comme les automates du roi, dans le jardin. La lune, elle, orbite autour de la terre, et Émilie ajoute une boulette de papier à la farandole des cerises. La lune montre toujours le même visage qui reflète la lumière du soleil. Elle croît et elle décroît selon sa position avec la terre. Tu vois, c'est comme un ballet où chacun tient son rôle sans jamais dévier de sa course. Le bureau est couvert de cerises, Nicolas aimerait bien en manger une. Émilie saisit la plus grosse et la gobe sans attendre, puis elle en donne une à Nicolas. À eux deux ils dévorent le ciel, laissent le soleil, incomestible. On l'aperçoit dehors entre les arbres. C'est bientôt l'heure du souper auquel Stan n'assiste jamais. Le roi ne prend qu'un repas par jour, quelques friandises le soir et du melon dont il raffole.

Émilie appelle Montauban à qui elle remet un message pour Saint-Lambert. Une histoire de cerises sans doute, ou un poème. Saint-Lambert en écrit lui aussi. Depuis quelques jours ils ont pris l'habitude de s'en envoyer l'un l'autre. Nicolas regrette de ne pas savoir écrire, il en composerait de très beaux que Madame Pompon lirait le soir avant le coucher. Il ferait rimer lune avec prune et soleil avec abeille. Il les signerait de deux B entrelacés et les confierait à Zizi. Puis ils iraient jouer ensemble à attraper des sauterelles, des papillons. La poudre de leurs ailes reste collée au bout des doigts. Lorsqu'on les porte à la bouche, cela a un goût sucré de cendre.

Nicolas quitte la chambre d'Émilie. Les papillons non plus ne savent pas l'alphabet.

L'idée lui est venue en voyant l'un d'eux pris entre les cordes de la harpe. Il l'avait apporté à Montauban. C'était un billet doux destiné à Saint-Lambert. Montauban les appelait les « poulets » de madame du Châtelet. Deux petites phrases griffonnées sur les ailes d'un morceau de papier : « Venez ce soir. On vous attend. » Elle en semait un peu partout. Nicolas veut en savoir davantage. Mais Montauban reste muet, et pour ce qui est de lui lire les lettres qu'on lui confie, il n'en est pas question, il pourrait y risquer sa place. Inutile d'insister, Bébé. Mais Nicolas ne dira rien, il le jure ! A-t-il parlé au roi du soir où il l'a surpris, presque nu, chez la femme de chambre de la Boufflers ? Bien sûr que non. Il sait tenir sa langue. Du moins le temps qu'il faut. Alors Montauban accepte. Juste une lettre, et ils seront quittes. C'est entendu. Nicolas est content, il va entrer dans les secrets de son amie.

Le dimanche de Pâques vient de s'achever. La messe du matin avait duré toute une éternité de simagrées et de sermons. N'y tenant plus, Nicolas était allé se promener dans l'église. Un grand soleil illuminait les vitraux mais il faisait un froid de canard, et l'odeur de l'encens lui piquait toujours le nez. Il s'était réfugié dans la sacristie. Des calices en or brillaient sur le buffet. Il avait approché un tabouret pour y grimper, trouver les hosties qui s'y cachaient et, comme il avait une petite faim, il en avait grignoté une. Le corps du Christ a un goût de plâtre agréable, il colle un peu au palais, mais fond très vite sous la langue. Si l'on en prend plusieurs en bouche, cela fait aussitôt une pâte impossible à mâcher, il faut alors racler le fond de sa gorge avec ses doigts pour ne pas mourir étouffé. Grâce à Dieu, un flacon de vin lui avait permis d'avaler tout ce plâtre. Il était redescendu du buffet un peu ivre et heureux.

Pour une raison inconnue, l'abbé n'avait jamais voulu lui donner d'hosties. Ils se voyaient une fois la semaine. L'abbé lui racontait la Bible en buvant une tasse de chocolat chaud, comment le petit Jésus était né dans une mangeoire, les cadeaux merveilleux des Rois mages, les pains qu'il multipliait, les foules qui le suivaient, et sa mort sur une croix, les mains et les pieds troués par des clous. Nicolas écoutait. L'abbé racontait bien, même si ses histoires étaient moins intéressantes que celles du *Peuple nain*. Jésus, à force, le rendait triste. Il aurait mieux fait, selon lui, de fuir, ou de combattre, mais il s'était laissé prendre, cracher dessus, fouetter. Quelle bêtise ! Un héros lutte jusqu'à la dernière goutte de son sang, mais lui, non, et son sang, il le donne. L'abbé lui posait des questions, refermait la Bible, soupirait et s'en allait. Le parfum du chocolat flottait dans la pièce mêlé à celui, aigre et parfumé, de sa soutane.

Lorsque le ciel s'enflamme à l'horizon, Nicolas se faufile hors de sa maison pour se poster devant la porte d'Émilie. L'ombre gagne l'antichambre. La fenêtre s'embue de l'or du couchant. C'est l'heure où d'habitude Piccolino fait son apparition. Il salue, s'assoit sur le fauteuil le plus éloigné des chandelles, et parle à Nicolas. Sa voix est à la mesure de sa taille, étroite et sombre. Mais aujourd'hui il ne vient pas, et c'est Montauban qui arrive, entre dans l'appartement d'Émilie et en ressort tout aussitôt. Nicolas le suit dans le couloir. Montauban est très grand, il lui arrive tout juste au genou. Pour s'adresser au gaillard, il faut se tordre le cou, se dresser sur la pointe du pied, lancer la voix vers les sommets. Le billet doux s'agite tout là-haut, Montauban hésite, se racle la gorge, et finit par le lire à mi-voix. Il faut tendre l'oreille.

« Vos œufs au bouillon vous attendent, et moi aussi, mais je ne suis pas si froide qu'eux. Venez tout à l'heure, si vous m'aimez. J'en ai besoin, car je suis malade à mourir. »

C'est tout. Et c'est beaucoup. Émilie est malade. Sans doute à cause du dîner. Mais pourquoi alors des œufs au bouillon, et froids de surcroît ? Montauban range la lettre dans sa poche et s'en va. Le jour décline. Émilie est malade à mourir. Tantôt elle n'avait pas si mauvaise mine pourtant. Les maladies ne préviennent pas, cela vous tombe dessus d'un coup. Celle d'Émilie doit être grave pour appeler Saint-Lambert qui n'est pas médecin mais grand maître des cérémonies de Stan. Probablement possède-t-il un remède qu'on ignore ? En rapport avec les œufs au bouillon ? Qu'il va venir réchauffer ?

Nicolas attend dans la pénombre. Les grandes personnes souffrent beaucoup, il l'a déjà remarqué, de maux secrets qui les font grimacer. Parfois elles pleurent. Sa mère le faisait en cachette, lorsqu'il dormait. Jésus aussi, c'est ce que dit l'abbé, mais pour lui, c'est différent, même si être cloué sur une croix doit faire un mal de chien. Les grandes personnes prennent l'hostie comme un remède, mais le mal ne passe pas. Alors elles se mettent à geindre et se plaindre, et saigner. Stan par exemple, c'est la goutte. Il reste au lit toute une journée, on le saigne au bras, et le lendemain il retrouve sa bonne humeur. À la réflexion, la souffrance est un peu comme l'air que l'on respire à chaque instant sans le voir. Piccolino affirme qu'elle maintient entre elles les particules du monde, des plus petites aux plus grandes, à l'infini, au-dedans comme au-dehors. Que tous les corps en sont cousus, des hommes autant que des astres. Comme le ciel d'Émilie. D'ailleurs le jus des cerises ressemble à du sang, en plus sucré bien sûr. Piccolino et elle s'entendraient à merveille. Peut-être même pourrait-il la soigner. Mais c'est le marquis que Nicolas voit soudain arriver, frapper trois coups à la porte et entrer dans la chambre. Il s'approche, écoute. Rien. Puis l'éclat d'un rire. Madame Pompon va mieux. Parfait. Saint-Lambert sait y faire. Nicolas regagne sa maison, le cœur en joie.

Le lendemain et les jours suivants, les billets quotidiens qu'Émilie adresse au marquis lui passent sous le nez au point de le mettre en rage. Il arrive à en intercepter quelques-uns jetés sur des cartes à jouer mais Montauban ne veut rien savoir, et Nicolas les replace où il les a trouvés. Madame Pompon, du moins, semble bel et bien guérie. Pour se calmer les nerfs, il s'en prend aux laquais, et, à l'heure du dîner, à la porcelaine qu'il lance à toute volée. Cela fait rire le roi, beaucoup moins le marquis qu'il vise le plus souvent sans l'atteindre toujours. En s'écrasant contre les murs, la vaisselle tinte en mille éclats de colère joyeuse. Les roses peintes jonchent le sol et crissent sous le pas des serviteurs, des morceaux de guirlandes s'accrochent aux robes, Bébé a fait son numéro qu'on interrompt comme il se doit au premier sang.

En regardant dans les cuisines Gilliers préparer des friandises, Nicolas a une idée. Montauban est gourmand, toujours le premier à picorer les sucreries qui reviennent des dîners. Nicolas lui en fournira contre les lettres. À s'en faire éclater la panse s'il le faut. De belles amandes fraîches d'Italie s'empilent sur la table. Gilliers les apprête d'abord à la siamoise. Il les émonde, les fait roussir au four, puis les mélange au sucre perlé, les remue lentement, puis les tire sur une grille et les jette l'une après l'autre dans de la nonpareille. Les voir suffit à vous faire venir l'eau à la bouche. À la praline aussi l'effet est admirable. En blanc, dans un sucre à la plume. Et en rouge surtout, bouillonnant dans le sucre, jusqu'à ce qu'elles pétillent, prennent leur couleur, embaument les cuisines. Gilliers praline aussi des fleurs qu'il dispose sur un tamis. Avec leurs pétales ouverts, on les dirait en verre. Mais les amandes valent mieux. Le cuisinier rechigne un peu et finit par lui en donner une boîte. Montauban n'y pourra résister, c'est certain.

Les lettres d'Émilie partent à toute heure du jour et du soir. Nicolas voudrait que le laquais les lui lise, mais beaucoup sont portées par la femme de chambre particulière de Madame Pompon. Elles le ravissent mieux que les histoires du *Peuple nain*. Elles le blessent aussi. La voix d'Émilie y est serrée comme les pralines dans leur boîte. On en sort une, on la croque, et elle vous enchante, Nicolas n'en comprend pas toutes les saveurs, en devine l'amertume parfois, mais son sucre perlé lui fond dans l'âme et dans le cœur. Saint-Lambert a bien de la chance. Il est laid pourtant avec son air de tout savoir, de garder les yeux secs et de bomber le torse. De la confiture aux cochons!

« Je dînerai avec le roi. Je vous adore, mandez-moi si vous avez dormi et si vous m'aimez ; je ne le puis trop savoir, car je vous adore. »

Montauban a un sourire en coin, puis il grignote une amande à la siamoise. La lettre précédente disait : « Il n'y a point de bonheur sans vous, venez donc finir le mien. Je suis seule à présent, de ce moment seulement. Oui, je vous aime. Tout vous le dit, tout vous le dira toujours, et je fais mon plaisir et mon bonheur de vous le dire. Je vais tâcher de donner la lettre, et vous en remercierai davantage ce soir. »

Nicolas sent dans sa poitrine, derrière son cœur, comme un petit oiseau bardé de froid.

L'oiseau chante mais aucune aube ne se lève. Les rendez-vous avec Montauban se terminent avec ce chant rouillé au fond de la poitrine. Peut-être aurait-il mieux fait de conserver les pralines pour lui seul. Mais le laquais en redemande, et c'est à nouveau une lettre.

« Vous avez encore été saigné ! Vous avez des taches rouges sur le corps. » Bien fait, pense Nicolas. « Il faut que je vous voie ou que je meure ! Je vais renvoyer mon monde, je serai chez vous dans une demi-heure, si vous êtes libre, et si vous me faites ouvrir le souterrain. Je vous adore. »

Le souterrain part de l'aile de la chapelle pour relier un vestibule de l'aile droite du château. La porte en est toujours verrouillée, Montauban lui-même n'en a pas la clé. Piccolino dit que les seigneurs l'empruntaient autrefois pour commettre des crimes et y enterrer les cadavres. Il y fait froid, humide et sombre. De gros rats y circulent au milieu du fantôme des morts. Piccolino dit que seuls les humains sont assez malfaisants pour inventer de tels passages. Aucun nain ne survivrait à l'odeur pestilentielle qui y règne en permanence. Qu'Émilie puisse y entrer donne des frissons.

Hier au soir, ils s'étaient déguisés pour une pièce de théâtre. Émilie s'appelait Angélique, et Saint-Lambert Léandre. Le sieur Voltaire était présent en Monsieur des Mazures. Stan jouait un vieux baron. Caché derrière le rideau peint du décor, Nicolas les écoutait réciter d'une voix haut perchée, marcher de long en large à grands coups de talons. Quand ils retournaient dans la coulisse, leur visage ressemblait à un masque, masque qui tombait, et ils redevenaient eux-mêmes. Émilie avait peint le sien en blanc, elle portait une robe de coutil rayé de bleu. À un moment il s'était approché d'elle et elle l'avait renversé sans même s'en apercevoir. Sa tête était allée frapper une console et la coulisse était devenue aussi sombre que le souterrain. Le lendemain elle écrivait :

« Il fait un temps charmant. Je suis une paresseuse. Je me lève. Je n'ai qu'un moment et je l'emploie à vous dire que je vous adore, vous regrette et vous désire comme Angélique Léandre. Venez donc le plus vite que vous pourrez. Je ne peux jouir de rien sans vous. Vous boirez et dînerez ici. J'espère aussi que vous y aimerez. Je vous adore, et c'est pour toute la vie. Mais il faut se coiffer ! »

Nicolas n'a plus de pralines. Gilliers refuse de lui en donner d'autres. Ni d'abricots confits qu'il a préparés pourtant par dizaines. Montauban ne lira donc plus aucune lettre. Il faudra désormais en surprendre les signaux dans les yeux d'Émilie. Lorsqu'ils brillent, on devine aussitôt que Saint-Lambert a répondu. Émilie s'habille, met ses pompons et ses diamants, puis elle va donner du pain à ses cygnes, le marquis la rejoint et ils vont se promener vers les Bosquets.

Les cygnes sont des animaux qui dissimulent leur méchanceté sous un plumage immaculé. Plus d'une fois Nicolas a failli se faire pincer en voulant leur arracher une plume pour l'offrir à Émilie. De la même famille que les grues, ils sont les ennemis naturels des nains. Ils fondent sur eux du ciel et leur lumière les ensorcelle. Les tuer demande beaucoup d'habilité et de courage. Au moment de mourir, leur chant s'élève comme si un dieu allait en naître. Nicolas rêve de couper le cou de l'un d'eux, mais le roi se mettrait certainement en colère. De toutes les manières leur chair est incomestible, même Treno ne pourrait les cuisiner.

L'été dévore peu à peu les jours. Émilie va bientôt s'en aller. Pour le dernier dîner en sa compagnie, Stan a fait venir ses musiciens et ses chanteurs. Leurs mélodies vous cassent les oreilles. Nicolas, par chance, se trouve dans une antichambre où Montauban l'habille avec la peau d'un gros chat noir. Comme il fait chaud, il n'a sur lui que ses bas, un justaucorps et ses bottes. La peau sent bon le savon et le sang. Il avance à quatre pattes sur le carrelage, essaye de ronronner sans y parvenir malgré les conseils du laquais. Il a encore un peu de temps devant lui pour s'entraîner. Émilie va retrouver son pays, son mari, ses enfants. Elle lui a assuré qu'elle reviendrait le voir mais il ne la croit pas. Les grandes personnes mentent le plus souvent. Sa mère n'est jamais revenue, du moins pas à sa connaissance.

Nicolas se met à miauler, cela, au moins, il y arrive. Montauban se bouche les oreilles. Le repas va bientôt finir. Le chat est prêt.

Il entre dans la salle à manger, fait le tour de la table, tout le monde s'étonne de voir ce gros matou qui miaule de façon insistante. Peut-être a-t-il faim ? Il a l'air bien gentil dans son pelage soyeux. Un convive lui présente un morceau de viande, le chat lève la tête et répond non merci, je préfère me servir par moi-même, et bondit sur la table. La musique cesse aussitôt, des cris d'effroi retentissent, les verres valsent, les drageoirs se renversent, l'animal se dresse sur ses pattes arrière, mais ce n'est pas le chat botté, plutôt un véritable diable noir qui parade à présent sur la table, déchire à belles dents les reliefs du repas, vous jette des regards perçants. Nicolas griffe l'air, du sucre plein les mains et la bouche écumante de nonpareille et de pralines. Il est un chat de haut lignage, un de ces chats hussards qui tranchent les regards des hommes et la joue blanche des femmes. Un chat de guerre enflammé de colère. Devant lui, grimaçant de dégoût, Saint-Lambert l'observe, au fond de sa chaise lorsque, d'un coup de patte, il projette en l'air quelques macarons, attrape un abricot et, se tournant vers Émilie, le lui tend en disant : « Je vous adore ! » Émilie ouvre de grands yeux, rougit, hésite et prend l'abricot. Le chat d'amour fait sa révérence, le roi part d'un bon rire et l'assistance finit par applaudir.

La table est dévastée, Nicolas saute à terre, se dépouille de son pelage, le dépose aux pieds de Madame Pompon qui le regarde maintenant d'un air étrange. Bébé en bas et justaucorps pousse un dernier miaulement, elle avance sa main, le caresse. Sa robe conserve dans ses plis l'odeur des chèvrefeuilles. L'ici-bas vaut mieux que les cieux. Les étoiles brillent en plein jour dans les yeux d'Émilie. Toute la colère s'en est allée, les caresses peuvent durer éternellement, les astres s'immobiliser, les billets doux s'envoler, Nicolas ronronne enfin sous la main d'Émilie.

Mais Voltaire vient de se lever et s'adresse à lui : « Petit Monsieur ! dit-il, il me semble que dans votre toute petite personne, je vois exprimé le plus petit abrégé du monde. Cependant, mieux que chat, vous pouvez vous dire homme et vous l'êtes en résumé bien que vous soyez imprimé en plus petits caractères. »

Il s'agenouille près de Nicolas qui peut sentir son haleine de viande et de vin, et reprend en lorgnant Saint-Lambert : « Mais le livre de poche renferme souvent autant que l'épais in-folio imprimé en grosses lettres, et souvent, aussi, il est plus utile. »

À un signe de la main du roi, la musique reprend. Et les sourires. Et le ballet des serviteurs. Et l'ennui d'avoir à regagner les genoux de Stan, les confiseries dont il le gâte, ses mains potelées, son ventre chaud et mou, sa pipe à la fumée âcre.

La fête est finie.

L'après-midi se referme comme une petite boîte sèche.

C'est à peine si l'on entend, sous le papier mâché, le papillon battre des ailes.

Le verre d'orgeat

Il se traîne dans l'herbe sur les genoux, la bave à l'œil, pitoyable, une jambe en arrière. Une pauvre marionnette dégagée de la vase. Un petit bonhomme, mais en plus laid, visqueux, écrasé de soleil et cherchant son chemin, son salut. Il ramène une patte, replie l'autre sous lui comme pour bondir, s'échapper. Mais impossible, son ventre colle à la terre, à la vie, à son ombre, lourd et flasque d'avoir avalé la lune. Les enfants tournent autour en criant, lui jettent des cailloux, le tâtent à l'aide de bâtons, appuient pour voir ce qu'il en sort, un cri peut-être, de l'eau de pluie. Même Zizi, d'ordinaire si calme, se met de la partie. Nicolas vient de passer en revue la garde dans la cour du château, il porte son habit vert dont les boutons font penser aux pustules du crapaud. Il est en nage d'avoir couru jusqu'aux enfants. Le crapaud n'en peut plus, sa peau transpire à grosses gouttes. Derrière lui, l'herbe fait une toison grasse. Alors Nicolas dégaine sa rapière, écarte les enfants par quelques moulinets pour leur faire peur, et ils lâchent leurs bâtons pour se mettre à courir. Ces petits êtres insupportables, il faudrait tous les exécuter à dix lieues à la ronde. Dès le berceau. Sauf Zizi, évidemment.

Le crapaud regarde Nicolas de ses gros yeux. Il ne bouge pas mais sa gorge se gonfle au rythme de sa respiration. Pour l'emporter dans sa chambre, Nicolas va chercher une assiette aux cuisines, le pose dedans avec quelques touffes d'herbe au cas où il aurait faim, puis l'installe en hauteur sur une chaise d'où il ne pourra pas s'enfuir. Sa peau bosselée et granuleuse fait penser à ces pierres qui affleurent sur le bord des étangs. On voudrait y poser le pied mais elles glissent et, vite, on se retrouve à l'eau. Les lèvres de l'animal lui dessinent un grand sourire, un peu comme la Graffigny lorsqu'elle voit Panpan. Il ferait certainement un ami fidèle, un ami des jours de pluie quand tout est gris et qu'on ne sait plus quoi faire. Pourtant il semble bien malade. Il faudrait le soigner, le nourrir, soutirer de son ventre les sucs nerveux et maléficieux, comme dit Casten.

Casten Rönnow connaît les plantes, les remèdes, les potions, les purgations, les fièvres et fait de très jolis dessins au pastel. Il saura guérir le crapaud. Nicolas sait où le trouver.

D'ordinaire Casten dort dans la chambre du roi. Mais la matinée est trop avancée et cela fait belle lurette qu'il n'y est plus. À sa place un portrait accroché au mur le représente en buste, regardant de trois quarts, coiffé d'une perruque blanche bouclée, la main posée sur un gros in-folio. Il est vêtu d'un habit bleu nuit d'où écument les dentelles d'un jabot. La croix royale de l'Étoile du Nord dont il est chevalier scintille au côté gauche. Son visage est épais, d'un bon vivant, le nez lourd et sensuel, les yeux ronds, la bouche rose. On aurait presque envie d'embrasser ses bonnes joues. Mais un portrait de médecin n'a jamais guéri personne. Alors Nicolas part à sa recherche dans le château, au grand salon, dans la bibliothèque, dans les galetas du grenier, mais personne ne l'a vu, les valets, comme toujours, font mine de ne rien savoir, Casten reste introuvable.

Le crapaud, sur son assiette, n'a pas bougé d'un pouce. Nicolas lui caresse la tête, il a l'air d'aimer cela, mais il en faudrait davantage pour le sauver. Un miracle, peut-être. Ou une averse. Ou un baiser comme dans ce conte de fées que lui a lu un soir la princesse de Talmont. L'esprit de Nicolas est composé de fenêtres qui s'ouvrent et se ferment tour à tour, aux carreaux plus ou moins clairs, aux crémones dont on ne sait jamais quelle main en actionne le jeu. Lorsque toutes sont closes, l'enfant se met à hurler, frapper les murs, pleurer. Mais l'une d'elles s'ouvre à cet instant, lumineuse, donnant sur la chapelle, où Nicolas se précipite.

L'heure de la messe quotidienne du roi n'a pas encore sonné. Nicolas se dirige vers l'autel, attrape en sautillant un des calices, déplace une chaise devant le bénitier, s'y perche et y plonge le calice. L'eau dans l'or donne envie de boire mais il faut se dépêcher, faire attention de ne rien renverser, le chemin est long jusqu'à sa chambre, et il en va du salut de son ami crapaud. Le batracien se dessèche à vue d'œil, sa peau se craquèle et ses pustules suintent de gouttes blanches comme de l'orgeat. Nicolas commence par la tête, une larme d'abord, puis le corps, lentement, et la tête à nouveau. L'animal sort une langue noire, il lèche l'eau bénite. Nicolas en verse à nouveau un long trait. Sans doute une prière serait la bienvenue mais il n'arrive à en retenir aucune. Il se lance pourtant, chuchote : « Je te bénis au nom de Dieu, de Jésus et de la sainte colombe. Bois cette eau que j'ai prise dans le bénitier de Stan et ne va pas t'amuser à mourir au moins. Amen. » Puis il répand le calice en entier à en faire déborder l'assiette. Le crapaud remue la tête, sa langue baigne dans l'eau, sa peau reprend des couleurs. Nicolas est aux anges, les crapauds sont de bons soldats. Il va chercher un de ses gilets en velours noir et l'en habille afin qu'il ne prenne pas froid. Puis il arrache deux grelots à une marotte et les fixe aux pattes de son ami avec une ficelle de sorte qu'on puisse l'entendre lorsqu'il dansera. Le batracien se laisse faire. Le gilet est trop grand mais il a fière allure dedans. Il faudra lui donner un nom, Nicolas ne sait lequel. Stan l'aidera à en trouver un. Le roi se promène dans les jardins en nombreuse compagnie. De sa fenêtre, Nicolas le voit qui lève les bras. Un cabriolet roule dans l'allée. Des valets se mettent en place dans la cour d'honneur. Le cabriolet s'arrête et une dame en sort que Nicolas ne reconnaît pas tout de suite à cause de son chapeau de paille. Les grelots tintent dans l'assiette. Le soleil passe derrière un nuage. Madame Pompon est de retour.

Émilie du Châtelet vient faire ses couches à Lunéville. C'est Stanislas qui l'y a invitée lui-même, un jour d'avril où ils se trouvaient tous deux à Trianon. Émilie a eu son dernier enfant dix-sept années auparavant. À plus de quarante ans, elle est terrorisée mais ne le montre pas. Le roi a mis à sa disposition une petite maison de plaisance à Jolivet, à une lieue à peine du château. Il l'a fait meubler, décorer, chambres repeintes, la sienne en bleu de Perse qui s'ouvre en grand sur une prairie. Voltaire l'accompagne à nouveau, il séjournera au château, en profitera pour travailler aux pièces de théâtre dont son esprit déborde. Quant à Émilie, elle se hâte d'achever la traduction de son Newton.

Depuis Paris, de village en village, chaque clocher était un vœu où la tristesse peinait à se dissiper. L'été est ombrageux cette année en Lorraine, bien plus chaud que le précédent. La vie remue dans son ventre. Elle espère un garçon. Les hommes sont fiers de leur sexe, Saint-Lambert autant que les autres.

Émilie est heureuse de retrouver Stanislas et la cour de Lorraine, les langues y sont moins venimeuses qu'à Versailles. Elle sait ce qu'on dit d'elle là-bas, le tableau qu'on y peint de femme grande et sèche, sans cul, sans hanches, la poitrine étroite aux deux petits tétons arrivant de fort loin ; de son visage aigu au nez pointu, aux petits yeux vert d'eau, le teint noir, rouge, échauffé, la bouche plate et la dent clairsemée et gâtée ; de son vieil amant philosophe qu'elle délaisse au profit de celui qui, en Lorraine, l'a engrossée on se demande comment ; pour une fois, du moins, elle accouchera d'autre chose que d'idées et de théorèmes. Elle sait tout cela, n'y prête guère attention. Cesser d'écouter un babillard est le plus sûr moyen de le faire taire. Mais le mépris la révolte. Les hommes devraient avoir honte d'être méchants, par cela seul qu'ils ne le sont que par impuissance et par faiblesse. Méchants et babillards pullulent à Versailles quand il y faudrait de la gaieté, qui est santé de l'âme, celle-là même qu'Émilie retrouve à Lunéville.

Le roi vient à sa rencontre, il semble avoir pris du poids depuis l'été. Tout comme elle. Elle lui prend le bras, le gravier craque sous leurs pas, le soleil la réchauffe, son cœur se gonfle de joie, de paix. En un clin d'œil Versailles est oublié, l'âme vidée de ses soucis. Le vrai bonheur ne se trouve pas dans ce qui emplit l'esprit, mais dans ce qui le libère. On en jouit d'autant plus que son instant est court. Un parfum frais de chandelle morte flotte dans l'entrée, rappelant les églises et les petits matins d'été. Le roi se tourne vers Émilie. Vous nous avez manqué. Bébé se tient à ses côtés, tout essoufflé, souriant, en habit vert. Il serre dans ses mains une étrange poupée vêtue de velours noir. Le dîner va bientôt être servi. Il y aura des becfigues, du blanc-manger et des melons. Et un tokay léger pour ce repas d'été.

Nicolas lui aussi est content de revoir Émilie. Qu'elle n'habite pas au château le chagrine, il faut marcher longtemps, ou prendre la carriole pour se rendre chez elle. On suit d'abord la Vezouze bordée de saules, on traverse un bois puis des champs de blé où s'active un peuple de paysans. La moisson a commencé, leurs serpes brillent au soleil dans l'air doré d'une poussière qui pique le nez et fait éternuer. La maison est à l'entrée d'un village tout petit et plat comme la paume de la main. Madame Pompon écrit dans son bureau, les cheveux lâchés sur les épaules. Sous sa robe de cretonne, elle a le ventre comme un melon. Montauban lui a expliqué qu'elle attendait un enfant. Drôle de façon d'attendre quelqu'un, ce qui, de plus, n'éclaire en rien ce ventre énorme qu'elle soupèse parfois à deux mains comme s'il lui faisait mal. Une femme de chambre apporte une citronnade. Elle soupire, reprend son écriture. Nicolas termine son verre puis se retire. Parfois Casten vient la visiter et il faut la quitter avant l'heure. L'enfant ne s'est toujours pas présenté. Il doit habiter loin d'ici, ou peut-être n'a-t-il pas de carriole qui lui ferait gagner du temps. La chambre d'Émilie ressemble à une cage bleue.

Pour éviter le long trajet, Nicolas a obtenu sans trop trépigner qu'on lui accorde de dormir à Jolivet. Le galetas au grenier, au-dessus de la chambre de Madame Pompon, donne sur l'odeur des blés coupés. La nuit, une chouette invisible entrouvre les ténèbres. Nicolas l'écoute. L'ombre craque au-dehors. Tout est silencieux. Puis la voix assourdie d'Émilie s'élève du plancher. Nicolas sort de son lit, descend sans faire de bruit. Un rai de lumière découpe le bas de sa porte. Nicolas tend l'oreille. « Vous m'avez dit hier des choses si tendres et si touchantes que vous avez pénétré mon cœur, mais aimez-moi donc toujours de même. Croyez que, quand vous m'aimez, je vous adore. » Saint-Lambert serait donc venu en pleine nuit? Rien ne remue cependant derrière la porte. Fait-elle un rêve à voix haute? « J'ai passé la nuit la plus agréable sans vous, votre idée ne m'a point quitté. Vous voulez que je vous mande ce que je ferai aujourd'hui, ce que je veux faire tous les jours de ma vie : je vous verrai, je vous aimerai, je vous le dirai. Mais que je le lise donc dans les yeux charmants que j'adore. » Le silence retombe. Un souffle de sa bouche, un gémissement, un craquement du parquet et Nicolas remonte vite dans sa chambre.

Émilie travaille jusque tard dans la nuit. Sa lampe éclaire les premières feuilles du tilleul. L'air du jardin est délicieux. Elle a laissé sa fenêtre ouverte. Nicolas se penche à la sienne. La voix d'Émilie se mêle aux parfums. « Vous êtes l'ineffable, vous êtes l'éternité ou le commencement, le vide ou le plein. Le moment de votre départ, celui de votre arrivée, ce sont là mes deux seules époques. Tout ce qui est entre-deux est presque effacé. Presque effacé. » Nicolas retourne à son lit. Les draps sentent la lessive et le vent. Chacun de leurs plis est un rêve qu'il rabat sur son front. La lampe s'éteint dans le jardin. Tout replonge dans la nuit. Nicolas dort heureux.

Sur le chemin de Jolivet, une fois passé la Vezouze, on longe un verger planté de cerisiers, de pommiers et d'un épouvantail qui interpelle Nicolas à chaque passage. Il ressemble à un arbre mort sur lequel on aurait posé un chapeau. Un arbre qui n'a jamais connu de fruits ou en des temps si lointains que son nom même en est perdu. Pour l'appeler, il secoue son chapeau, ou lui fait faire un quart de tour, Nicolas s'approche, se met devant lui et lui pose une question. En général il n'y répond pas. Montauban, resté sur le chemin, fume une pipe. Nicolas pose à nouveau fermement sa question ou une autre qui lui vient à l'esprit, attend quelques instants, et rejoint le valet. Mais ce jour-là, un vent désordonné agite l'épouvantail qui, sans lever son chapeau, se racle ce qui lui sert de gorge et prend la parole. « Cesse de m'importuner, moitié d'enfant, ne vois-tu pas que je prie. »

Nicolas a l'habitude de ce genre de personnage que la poussière habite, il faut les prendre de haut, comme avec ses marottes, les ignorer d'abord, tourner la tête de façon dégagée comme si le moindre brin d'herbe ou de nuage était plus intéressant qu'eux, relever le sourcil et dire : « Voyez-vous cela. » Puis, l'ayant cloué sur place par cette répartie, ajouter : « Et qui donc priez-vous ? » L'épouvantail est vêtu d'une blouse à travers laquelle on voit l'ombre prendre le pas sur la lumière. La voix qui s'en échappe dit alors : « Je prie pour les oiseaux. » Nicolas en aperçoit qui sautillent entre les arbres du verger. Les oiseaux sont de bons compagnons, hormis les grues et les cygnes évidemment, mais prier pour eux lui paraît inconvenant. Ne prie-t-on pas d'ordinaire pour les vivants et l'âme des défunts ? « Justement, quart d'enfant, grelotte l'épouvantail, c'est pour cette raison que l'on m'a posté ici. »

Nicolas croyait pourtant qu'il s'agissait de les effrayer. « Tu n'y connais rien, fait l'épouvantail, les âmes n'ont pas d'ailes, vois-tu, comment feraient-elles pour gagner le ciel sans l'aide des oiseaux ? »

Il n'y avait pas pensé, en effet, les oiseaux peuvent monter haut, traverser les nuages parfois, il en a vu s'y perdre sans jamais revenir. Cet épouvantail lui plaît malgré la boue de ses basques, il pourrait en faire son ami, mais Montauban s'impatiente, le roi les attend, il n'est plus l'heure de lambiner, au revoir donc épouvantail, lambeau d'humanité, le quart d'enfant vous salue bien. Les oiseaux piaillent, le vent se lève, ils s'envolent, mais on ne voit rien des âmes dans leur bec. Il est temps de rentrer.

Dans un salon Stanislas et Voltaire discutent au milieu d'enfants. C'est Voltaire qui les a réunis pour jouer avec Bébé, sans doute aussi pour faire venir celui qu'Émilie attend. Après un jeu de quilles stupide, il leur improvise un conte sans queue ni tête, celui d'un géant venu d'une étoile qui se promène en compagnie de l'un des siens, une loupe à la main pour observer et s'entretenir avec de minuscules hommes.

Nicolas est furieux. Comment peut-on se moquer ainsi de lui, et devant Stan ? Au moment de la distribution des friandises, il prend une poignée de fraises – ce sont les premières, juteuses et sucrées, saupoudrées de sucre – et, lorsque Voltaire a le dos tourné, il les glisse dans une de ses poches. Rira bien qui rira le dernier. Puis on jouera aux dames rabattues et au tourne-case. Et dans le jardin, pour finir, à colin-maillard où Nicolas gagne à tous coups. Ce soir, il couchera au château. Il imagine le jus des fraises coulant à travers la soie rose des basques. Puis Émilie dans sa chambre. Les chouettes sont des oiseaux paisibles et redoutables. Elles se nourrissent de ténèbres et de souris grasses. Et d'âmes peut-être aussi.

Pour le Peuple nain l'existence est une cachette. Une fois trouvée, on s'y dissimule en attendant le bon moment. On compte jusqu'à dix, personne ne vous découvre, la solitude frissonne de joie, de peur. Les cachettes ne manquent pas dans la maison de Madame Pompon. De la cave au grenier, elle est truffée de renfoncements, de placards, de buffets, de petites portes, de rideaux, de commodes et de lits sous lesquels on disparaît. La pénombre y est douce, la poussière amicale, le chant des oiseaux et les voix s'y tamisent comme à l'heure des souvenirs. Nicolas en apprécie le monde étroit, loin du ciel. Il en change à tout bout de champ, en jaillit au passage d'une femme de chambre ou d'un valet qui poussent soudain un grand cri.

Celui d'Émilie lui parvient au beau milieu de la nuit. Un cri de douleur, de surprise, comme lorsqu'il avait jeté le chien de la Talmont par la fenêtre. La princesse avait hurlé d'une voix aiguë, à briser le verre des carreaux. Puis elle s'était ruée dans le jardin pour retrouver l'animal qu'elle avait le toupet d'aimer mieux que lui.

Au deuxième cri d'Émilie, l'escalier résonne de pas, d'appels, de martèlements et Nicolas sort de sa chambre, se précipite à son étage. Deux femmes de chambre entourent Émilie qui tient son ventre à pleines mains, la bouche ouverte, une flaque à ses pieds. Elle s'est oubliée sur le parquet. Nicolas s'approche pour mieux voir mais on le repousse dans l'antichambre. Un chapelet de gémissements s'élève de la gorge des femmes, son ventre va sans doute éclater d'une minute à l'autre, et on la transporte sur son lit pour qu'elle soit couchée quand cela arrivera. Un valet de pied surgit, bouscule Nicolas, allume des chandelles, lève les bras au ciel, lui aussi a vu le parquet souillé, et cela doit le dégoûter car il se retire en courant. Émilie pousse deux cris terribles, et Nicolas s'apprête à franchir le seuil de la chambre quand on lui referme la porte au nez. Il y colle aussitôt l'oreille. Madame Pompon souffle et gémit à fendre l'âme. Les femmes de chambre s'activent à on ne sait quel travail. Cela remue et claque et déchire. Puis des pas, la porte va s'ouvrir, et Nicolas entre et se cache sous une table recouverte d'un tissu juponné où d'ordinaire on dépose les plateaux. Une échancrure dans la soie permet d'observer sans être vu. Il y fait très sombre, et, une fois la porte ouverte, on ne distingue guère que le chevet du lit, mais la cachette est sûre, il l'a déjà pratiquée avec succès.

Nicolas n'a jamais entendu autant de cris. Ceux d'animaux parfois. Mais ils ne durent pas. Le sang et le cri vont souvent de pair, à cause du corps, de sa poche toujours close. Lorsqu'on la perce, on pleure. Les femmes de chambre transportent des cuvettes d'eau et des linges. Elles ont laissé la porte ouverte. Les draps défaits pendent au bout du lit, dans la lueur des bougies. Un pied nu vient les visiter puis disparaît. Nicolas guette chacun de ses passages. Les cris le dérobent à sa vue comme un ressort d'automate. Les automates n'ont pas de peau, alors que les pieds, oui, et elle est toute rose de la cheville jusqu'au bout des orteils. On aimerait bien les caresser. C'est tantôt le gauche, tantôt le droit, rarement les deux ensemble, sauf au moment des hurlements où ils s'agitent de concert puis se replient dans leur terrier.

Saint-Lambert et Casten viennent d'arriver, le premier se fige, tout pâle, sur le pas de la porte, l'autre, le visage rouge, pénètre dans la chambre. Il demande de l'eau très chaude, et davantage de linges, de lumière. Le marquis recule dans l'antichambre, près de la table, et Nicolas ne voit plus rien. Cet homme est décidément insupportable. Par chance il ne reste pas longtemps. On allume des candélabres, Casten va et vient, donne des ordres, demande qu'on ouvre la fenêtre, c'est qu'on étouffe ici, mais tout a l'air de bien se présenter, il voit déjà la tête. De quelle tête parle-t-il ? Mystère ! Pas de celle de Nicolas en tout cas. Mieux vaut pourtant rabattre un peu l'échancrure de sa cachette.

Casten est un bon médecin, il l'a soigné lorsque le cygne l'avait pincé au bras, et pour une fièvre ou deux. Ses mains sont fermes et douces, et son regard rassure. Il va guérir Émilie qui s'est mise à crier de plus en plus fort sous ses encouragements. Hurler est un très bon remède dont Nicolas use fréquemment. Ce qui sort de la bouche soigne aussitôt. Pleurer n'a pas le même effet, à cause des larmes qui brûlent les yeux, souillent les joues, font morver. Il faut les éviter malgré leur saveur agréable et salée. Au reste, Stan ne s'y livre jamais, ni personne de son entourage, hormis quelques dames, la princesse de Talmont par exemple quand on jette son chien aux orties. Et Zizi, si on le prive de gâteries.

La nuit s'agite, mêlée de gémissements, de froissements et d'ombres. Celle de Casten passe et repasse sur les draps, s'immobilise soudain au chevet du lit, lance un cri. Puis c'est une dernière clameur d'Émilie. Et plus rien. Le silence. La clarté vacillante des chandelles. Un craquement de parquet. Un hululement de la chouette dehors. Et un grand soupir, suivi d'un piaulement aigu, un cri tout petit, à la fois perçant et débile. Et qui se répète par intervalles réguliers. Nicolas veut savoir, il sort de sa cachette, s'avance, passe la tête par le chambranle. Ce n'est pas un animal mais une chose petite et gluante de sang, tirée d'un étang ou d'une mare, un enfant minuscule dans les bras d'Émilie, vite plongé dans une bassine, enveloppé d'un linge, déposé sur un gros livre du bureau. Madame Pompon a le visage couvert de sueur, pâle sur l'oreiller, le médecin lui tient la main, il sourit. Les femmes sont penchées sur l'enfant. La chambre déborde d'une odeur âcre et chaude. Les linges gorgés de sang noir. La lueur de l'aube qui point. Nicolas remonte se coucher. Tout est à nouveau calme dans la maison. Un oiseau siffle gaiement dans le jardin. Les rideaux aux fenêtres sont les deux ailes qu'un ange vient d'oublier en repartant. Les anges, c'est bien connu, manquent de jugeote.

Le lendemain, le soleil retrouve le chemin de la chambre de Madame Pompon qu'un défilé de dames et de messieurs envahit. Elle les reçoit dans son lit qu'elle doit garder sur l'ordre de Casten. Le rose lui est revenu aux joues, elle préférerait se remettre à son ouvrage, mais merci mes amis, votre obligeance touche la vieille maman que je suis. On regarde l'enfançon dans son panier, une fille à ce qu'il paraît, et Nicolas se demande bien comment ils peuvent le deviner, il ressemble davantage à un vieillard avec son visage plissé et ses yeux qui tournent dans le vide. Plus qu'à une fille, on pense à un Voltaire en miniature couronné de dentelles et d'osier. Saint-Lambert l'a pris dans les bras puis il est allé étreindre Émilie.

Le nourrisson est très calme, il bave un peu mais ne pleure pas. Une bonne odeur de lait caillé s'en échappe. Nicolas, monté sur une chaise, le présente à la ronde comme il a vu faire le cuisinier Treno avec ses croûtes et ses gâteaux, d'un geste ample, fier, et qu'on les porte au roi. Les nourrissons doivent être tendres au goût, comme ces cochons de lait qui tournent à la broche, ou les petits chevreaux qu'on rôtit au printemps. Il faut les arroser souvent, tout le secret est dans le jus. Le nourrisson hoquette. Une petite fille, une petite sœur. Il en avait eu une, autrefois. Elle se mettait à crier lorsqu'on l'approchait du feu. Et en pleine nuit, cela le réveillait mieux que le froid ou les cauchemars.

Stan a fait le déplacement accompagné de la Boufflers pour féliciter la maman. Il s'est penché sur l'enfançon, l'a regardé longuement, les yeux mouillés de joie. Il s'est tourné vers Nicolas : « Prends-en bien soin, Bébé. » Puis, en tenant la main d'Émilie : « Les bienfaits sont le seul trésor qui s'accroît à mesure qu'on le partage. Notre cœur est fait pour se donner. » Puis il a embrassé Madame Pompon : « Prenez du repos, ma chère. Le bonheur d'être mère est un excellent breuvage pour retrouver ses forces. » La Boufflers est restée à parler à voix basse aux côtés d'Émilie. Une femme est entrée dans la chambre pour prendre l'enfant, s'est installée dans l'antichambre et a dégrafé son corsage. Nicolas voit alors un sein gigantesque en jaillir et le petit vieillard se réveiller, gigoter de la bouche et du nez, trouver le téton, s'y pendre et le dévorer avec frénésie. La nourrice le tient serré contre elle du bras et du regard. De temps en temps elle lève le visage, jette un œil au-dehors par la fenêtre ouverte, puis revient à l'enfant. On entend chuchoter les dames dans la chambre, le bruit du vent dans les tilleuls, celui de pas sur le perron. Un visiteur se présente, sourit, détourne le regard et s'en va. Le nourrisson lâche le sein, du lait dégoutte de sa bouche, puis il y enfouit à nouveau le museau. Cela fait rire la nourrice qui s'essuie à l'aide d'un mouchoir. Nicolas se rapproche, lui aussi apprécierait de participer au festin. La petite ne va tout de même pas vider les deux mamelles. Il a le nez presque dessus quand la nourrice le repousse. « Tu as beau être petit, tu es trop grand pour cela. » Elle le chasse avec son mouchoir. Peu importe, il sait où trouver du bon lait. L'odeur du mouchoir lui a donné faim. Dans le cellier il trouvera des framboises, des myrtilles qu'il écrasera dans le lait. Et du pain, pour tremper dedans.

Avant de se rendre à la Malgrange, Stan fait tirer un grand feu d'artifice au château en l'honneur de l'événement. La nuit gronde, claque et s'illumine mieux qu'au cœur de la guerre. Nicolas a passé sa veste de hussard pour l'occasion. Les flèches de couleur percent le ciel et meurent. Le canon tonne et des étoiles blessées tombent au pied des courtisans. De grandes roues de feu s'enroulent au zénith. Puis ce sont des roses rouges et bleues pleurant des larmes d'or sur l'ombre des oiseaux s'enfuyant à tire-d'aile. Les fumerolles vacillent au vent, éclaboussées de nouvelles salves, d'immenses flamboiements. Nicolas admire la bataille. L'encens de la poudre l'enivre. Il bat des mains à chaque fusée. Quelle belle nuit ensanglantée d'éclairs ! Quel beau baptême pour un si petit être !

Au matin, il ramasse les débris de papier que les valets ont oubliés. Les respirer lui rappelle le temps où l'on tirait à bout portant sur la poitrine de l'ennemi. Ce temps, il ne l'a pas connu, ni le feu que crache le canon, ou la balle qui déchire les chairs. Les gardes du roi portent un fusil pour les parades. Lorsqu'il les passe en revue, ils le tiennent dirigé vers le ciel, chien rabattu. Il faut beaucoup de force pour l'armer. Le chien à silex enflamme la poudre, le coup part, on est mort. Il n'a jamais vu de batailles ni de morts. Le papier des fusées est à demi brûlé. Il le triture, le déchire et le fourre dans sa poche. Puis appelle Montauban pour retourner à Jolivet.

Madame Pompon s'est remise au travail, sa fille installée dans une chambre à l'étage. Elle l'a dénommée Stanislas-Adélaïde. Un prénom à coucher dehors. La nourrice s'en occupe jour et nuit. Il fait très chaud dans la maison, et dehors c'est une fournaise, la nature, feuilles et fruits, courbe la tête vers le sol, le corps en est amolli jusqu'à l'étourdissement. Celui d'Émilie se couvre de rougeurs aux bras et au visage.

Elle se lève, va à la fenêtre, s'évente, rien n'y fait, ce qui monte du jardin brûle le front, coupe la respiration. Elle revient à son bureau, trempe sa plume dans l'encrier, jette quelques mots sur le papier, ouvre près d'elle un gros volume, en tourne les pages, et soupire. Dans son cou, ses cheveux collent, mèche à mèche. Elle tire un mouchoir de sa manche, essuie ses joues, son front, ses mains. La montée de lait lui donne un peu de fièvre mais cela passera, Casten l'en a assuré. Puis, s'appuyant au bureau, elle se lève à nouveau, aperçoit soudain Nicolas. « Que fais-tu là assis par terre, Bébé ? » Elle s'accroupit, lui caresse la tête. « Va me chercher un verre d'orgeat. »

Nicolas court à la cuisine, Madame Pompon a grand soif, la cuisinière se dépêche de préparer le breuvage, verse le sirop épais dans la carafe, l'allonge d'eau fraîche, et le met dans le rafraîchissoir avec de la glace. Ce lait d'amandes, Nicolas n'en apprécie qu'à moitié la saveur fade et écœurante, la couleur brouillée. La carafe en est toute barbouillée. Il remonte dans la chambre accompagné de la cuisinière qui dépose le rafraîchissoir sur le bureau et sert un verre à sa maîtresse. Le soleil scintille dans le cristal givré. Émilie le porte à ses lèvres et le boit d'un seul trait.

Elle se sent enfin mieux, désaltérée, paisible, elle va pouvoir reprendre son ouvrage. La plume dans l'encrier, le papier déplié, un rayon de soleil sur le cuir du sous-main. Écrire est un vertige à nul autre pareil. Merci Bébé.

Elle prend son mouchoir, en secoue la dentelle et y plonge la bouche. Son visage soudain est aussi trouble que l'orgeat. Elle se lève, blanche, titube, fait quelques pas en direction de Nicolas, s'arrête, porte la main à son ventre, appelle sa femme de chambre. Une ombre crispe son visage qu'on prend d'abord pour un sourire. Le vert de ses yeux passe au gris. Elle baisse le visage, regarde. Un filet de sang coule sur ses chevilles, ses souliers. Un petit cri comme un hoquet, mains battant l'air, et elle s'effondre, évanouie. Comme une poupée de chiffon.

On a fait venir un cabriolet pour transporter Madame Pompon au château où l'on pourra la soigner mieux qu'à Jolivet. Nicolas a proposé sa cariole mais personne n'a voulu l'écouter. La chambre de la malade donne sur le parc et le Rocher aux automates. Toute la journée, elle dort sans dormir, ouvre les yeux sans regarder, échevelée dans l'oreiller. Voltaire et Saint-Lambert se tiennent à son chevet, et des médecins que Casten a fait venir de la ville. Kast est là, lui aussi, et plusieurs courtisans. Malgré le soleil, une pénombre se faufile dans la pièce, gagne les recoins, occupe la place. On la dirait tissée avec le jour, en son revers, en moins soyeuse, en plus poussiéreuse. Jusqu'à noyer le regard. Avec un peu de courage, on pourrait presque la toucher.

Nicolas préfère jouer dans l'antichambre, il a pris le jeu de dames au cas où Madame Pompon le réclamerait. Elle y est plus forte que lui, et va à dame bien plus souvent. Avec elle pourtant, jamais il ne renverse le plateau. En attendant qu'elle l'appelle, il dispose les jetons, les fait glisser, les empile, puis de l'index les fait tomber. Les hautes dames s'effondrent, blanches et noires confondues.

Les courtisans vont et viennent sans lui prêter attention. Quelques-uns pleurent, gémissent, Nicolas ne sait pourquoi. Ils passent très vite, il n'a pas le temps de comprendre. La pénombre les fait fuir, à moins qu'elle ne les attire, d'où ces continuelles allées et venues. Le parquet de l'antichambre sent la cire. Nicolas fait rouler les jetons, certains se prennent dans les rainures, d'autres parviennent jusqu'à la fenêtre. Dans le jardin les jets d'eau s'élancent, miroitent au soleil puis retombent en chantant.

Nicolas s'ennuie, Stan tarde à revenir de Nancy, la princesse de Talmont passe et repasse devant lui sans un regard, son chien dans les bras. Nicolas la suit, sort au jardin, pousse jusqu'au Rocher. Les automates sont des hommes qui vivent à heures fixes. Le reste du temps, ils sommeillent dans leurs habits de grosse toile. On a beau les secouer, ils demeurent insensibles. On ne sait à quoi ils rêvent. À devenir des hommes peut-être ? Ils en possèdent pourtant l'apparence, et, quand on les anime, le meunier, près de sa charrette, salue sa dame qui lui répond, le charpentier scie sa planchette, le rémouleur aiguise son couteau. Montauban ressemble au meunier avec son nez d'oiseau de proie. Il n'a pas voulu lui lire d'histoire aujourd'hui, il a d'autres chats à fouetter. Lesquels ? on n'en voit guère au château à part celui en fer près des enfants. La petite fille se tient assise sur sa balançoire. Lorsqu'on lui soulève la jupe, on découvre deux bâtons blancs. Elle ne cligne jamais les yeux. Sa vie ne tient qu'à un fil et à quelques tiges de fer.

Lorsqu'il remonte dans la chambre, les médecins s'affairent autour de Madame Pompon, ils lui font boire des potions. Le remède lui coule au menton, dans le cou, sur les dentelles. Saint-Lambert et Voltaire patientent sur une chaise. Le soleil va bientôt se coucher. La pénombre, c'est certain, va remporter le jeu. Celui de Nicolas a disparu de l'antichambre. Il n'avait plus envie d'y jouer de toute façon. Ni de souper. Il regagne sa chambre. Piccolino viendra peut-être le visiter. Il l'attendra en dormant.

Émilie rêve qu'elle est morte. Une ombre blanche. Et plus rien. Nicolas se réveille à cette lueur. Depuis toujours, les jours ont pris l'habitude de se succéder sans lui. Certains demains sont comme hier, à peine plus épais qu'aujourd'hui. Nicolas se lève et rien n'a changé, comme à l'étroit, encore.

Il saute du lit, s'habille, va dans la chambre d'Émilie. Les chandelles sont éteintes. Saint-Lambert dort recroquevillé dans un fauteuil. L'aube lui peint les cheveux. Nicolas s'approche du lit. Elle aussi dort, silencieuse et bras nus dans ses draps de poupée. À cause de la chaleur de l'été, personne n'a songé à la couvrir d'une courtepointe. Elle a pourtant si froid que son visage est tout gelé. Près d'elle, de la tablette, des fioles gouttent sur le tapis. Le bout de ses doigts est devenu presque bleu, transparent, on pourrait lire à travers.

Nicolas grimpe sur le lit. Émilie a conservé la bouche ouverte mais aucun souffle ne s'en échappe. À part une drôle d'odeur, rien ne remue autour du lit. Cela donne envie de se rendormir. Nicolas s'allonge près d'elle, le bois craque et Saint-Lambert se réveille. Il déplie son grand corps, aperçoit Nicolas. « Que fais-tu là ? Descends ! » Puis un grand gémissement jaillit de sa poitrine, il s'avance, saisit la main d'Émilie, la porte au front et s'écroule à genoux, comme en prière. Nicolas recule au bout du lit et s'agenouille à son tour. L'abbé lui a montré comment prier, joindre les mains, baisser la tête. Pour le reste, il ne se souvient plus quoi dire. Saint-Lambert pleure et marmonne des mots sans suite, se relève et retombe à genoux. Nicolas a hâte qu'il finisse, d'ailleurs, au lieu de geindre, le marquis ferait mieux d'aller demander une couverture pour Émilie, ou un bon bouillon bien chaud. Ses cris réveillent les femmes de chambre, puis c'est Casten qui arrive, bientôt suivi du vieux Voltaire en robe de chambre, et on empoigne Nicolas, le jette sans ménagement dans un couloir, cela suffit Bébé ! Ils ont de la chance que le roi soit absent car ils verraient alors de quel bois il se chauffe.

Mais le roi n'est pas là. Et les serviteurs s'agitent dans tous les sens.

Nicolas se frotte les reins. Il se rendra plus tard auprès d'Émilie pour lui faire son compliment. Elle dort d'un sommeil si profond qu'il serait dommage de la déranger.

Le sommeil est le meilleur ami des nains, il apaise les nerfs et fait grandir le corps. L'ombre d'un arbre et une herbe drue en accroissent encore les effets. On s'allonge, ferme le bourgeon des yeux et la nature vous berce. Lorsqu'on les rouvre, on voit le monde tel qu'il est, et Émilie au loin qui s'en retourne dans sa maison de Jolivet.

Elle est déjà arrivée par-delà le canal, pas plus grande qu'une figurine de plomb, légère comme une plume. En continuant tout droit, elle atteindra son pays de Paris qui lui manque tant. Et son Newton.

Nicolas la suit, la perd de vue derrière un bosquet.

Partie. Plus d'Émilie.

Elle aurait pu au moins lui dire au revoir.

Jeu de nains, jeu de vilains

Dès les premières gelées d'automne, Nicolas passe le plus clair de son temps à l'intérieur de sa maison. Le roi vient le visiter après l'office du matin, en compagnie de ses animaux. Le chien Griffon n'est pas admis, le singe de Stan encore moins, il se pendrait aussitôt aux lustres, renverserait les bibelots, dévorerait les confiseries à sa portée avec ses petites mains délicates et poilues, le tout en souriant et criaillant à tout-va, les lèvres retroussées. Griffon est bien plus raisonnable et poli, son poil fait penser à la laine des chèvres, son regard à des grains de cassis qu'on aurait plongés dans du sucre.

Le roi frappe à la porte, Nicolas sort ou non, selon son humeur, ils devisent à brûle-pourpoint, décident des réjouissances du dîner, de la prochaine revue de la garde, regardent ensemble l'herbier de Nicolas, relié en veau, aux pages tachées de boue, de sang parfois, dans lequel il a collé ou épinglé en désordre un grand nombre de plantes, la plupart vénéneuses, et le roi reconnaît des orties, des *Picris hieracioides*, du *Buplevrum falcatum*, mêlés à des lichens, des pariétales que complètent au hasard chiendent, bourrache, cerfeuil et séneçon. Certaines pages ont été arrachées, la grande majorité est demeurée vierge. Puis le roi inspecte la maison d'un œil averti, le mobilier, les porcelaines, le petit buste à l'effigie de Bébé, en faïence bleue. On devine qu'il brûlerait d'y séjourner, mais il est trop gros. Alors il hoche la tête, caresse celle de Nicolas et satisfait il se retire.

Stanislas aime Bébé d'un amour tendre et tragique. D'un amour de petits gestes quotidiens, de regards froissés, de courtes flâneries dans le parc à la recherche d'herbes communes. Enfant, il avait dormi sur les paillasses de chambres étroites, s'était lavé dans des cuvettes d'eau glacée, régalé plus de pain que de gibier. Devenu roi de Pologne, il avait dû laisser sa femme et ses deux filles fuir seules leur château de Poznan sous le feu des cosaques russes, et sa petite Marie de quatre ans trouver refuge dans le pétrin d'un boulanger, terrorisée, pendant des heures, le souffle court d'être attrapée. Qu'elle soit désormais reine de France ne le console qu'à moitié de cette épreuve. Et moins encore d'avoir perdu sa première-née, Anna, en quelques jours, au seuil de sa dix-huitième année. Rien ne peut consoler de cela, ni la gloire ni les trônes. La balance penche toujours de ce côté de l'âme alourdie de mémoire, et si Bébé parfois en rétablit avec bonheur l'équilibre, ce n'est que le temps d'une facétie, d'un rire. Stanislas a appris à n'espérer rien, ni à désespérer sur rien, tout au plus met-il son application non pas tant à réussir qu'à se tenir également content de ne pas réussir. Bébé l'y aide, à sa façon d'être insouciant de ce qui compte, et soucieux de vétilles, faisant un drame d'un rien, et d'un drame rien. Sa compagnie l'enchante, pareille à ces fleurs qui poussent sur les talus : modestes et sans parfum, vous les préférez soudain aux rosiers odorants, pour leur fragilité et leur solitude. Elles parlent à votre cœur en se livrant au monde dans le même temps qu'elles s'en échappent. C'est folie de ne vivre qu'un jour ou deux, mais cela rend un peu plus sage, un peu moins malheureux. Les cueillir du regard suffit à votre bonheur.

C'est aussi que le sage est d'autant plus heureux qu'il ne s'est pas proposé de l'être, qu'il ne s'aperçoit même pas qu'il l'est. Il ne cherche sa satisfaction qu'en lui-même, dégagé des passions et des désirs qui les font naître. S'il est quelque bonheur dans ce monde, il doit être durable. Mais où trouver un tel bonheur ? Dans quel objet, avec quel cœur ? Ce n'est pas dans le temps qui passe qu'on peut goûter des plaisirs qui passent avec le temps. Le temps est une idée que forgent nos cinq sens : chaque chose que nous voyons, entendons, touchons, sentons, goûtons, s'inscrit dans notre esprit par l'effet de nos sens. Nous nous y attachons tour à tour sans en acquérir aucune. Nous délaissons l'une pour mieux poursuivre l'autre, et toutes nous échappent. Voilà tout le temps : une suite de peintures dont le souvenir nous émeut et le dessin nous tue.

Stanislas observe Bébé par la fenêtre de sa petite maison. On prétend que les nains grandissent toute leur vie. Les hommes, eux, n'atteignent leur âge que pour rester éternellement enfants. Leur maturité n'est qu'une illusion qu'ils entretiennent à force d'artifice. À dix-sept ans, Bébé mesure tout juste soixante-dix centimètres et a conservé son apparence enfantine dont il possède l'esprit, l'inconstance, l'indolence, la bouffonnerie, guidé par une sorte de sixième sens qui le fait considérer les choses sous un angle étrange, inapproprié, qu'il exprime alors d'une façon qu'on pourrait juger poétique si elle n'était pas involontaire.

De l'heure du dîner par exemple, midi, dont le roi veut qu'on respecte la ponctualité à la lettre, il avait affirmé qu'elle se fermait comme un objet ; et avait demandé qu'on lui en fournisse la clé. Comme personne ne pouvait accéder à sa requête, il s'était mis à trépigner, et, puisqu'il en était ainsi, midi pouvait bien rester clos sans lui, il retournait dans sa maison.

Une autre fois dans le parc, alors qu'il allait d'arbre en arbre, fouillant à quatre pattes sous les ramures, comme Stanislas lui demandait ce qu'il faisait, il avait levé les yeux au ciel et répondu qu'il cherchait le feu caché des feuilles mortes. Le roi s'était mis à rire et Bébé s'était redressé, vexé, lançant de façon énigmatique : « Vous confondez donc vœu et feu, monsieur ! », et il avait poursuivi sa quête obscure.

L'une de ses saillies les plus troublantes avait eu lieu dans la chapelle, avant la messe quotidienne de Stanislas. Bébé l'y accompagnait de temps à autre, non pour prier car il ne semblait pas éprouver de goût pour la religion, mais en raison d'une peinture de la Vierge avec l'Enfant qu'il affectionnait. Ce matin-là, il se tenait près de l'autel, devant un bouquet de roses, l'oreille collée contre l'une d'elles, de l'air le plus attentif au monde comme s'il écoutait on ne sait quel bruissement s'échapper de la fleur. L'abbé avait attendu, n'osant le déranger, puis il était passé derrière l'autel pour commencer l'office. Bébé avait caressé les fleurs puis, avant de sortir, passant devant Stanislas, lui avait dit, satisfait : « Les roses de la chapelle n'ont pas oublié ma confession. »

Le roi n'avait pas compris tout d'abord, puis il s'était rappelé qu'à cette même date, deux années auparavant, Madame du Châtelet avait quitté ce monde. Il venait d'apprendre en outre le décès en bas âge de la fille d'Émilie, abandonnée quelque part en nourrice dans le pays. Il n'était pas certain que Bébé se fût rappelé l'événement tragique, car il n'avait pas de mémoire, ou trop peu pour ce genre de commémoration, ni qu'il eut appris l'existence du second, mais la coïncidence, sans rien devoir au hasard, pouvait être mise sur le compte de ce sixième sens. Le peuple des Nains, extraordinaire dans tous les sens du terme, prouvait aux yeux de Stanislas combien la perception des choses variait selon les êtres, et combien les plus petits d'entre eux réussissaient à se hausser à la hauteur des plus grands.

La cour allait bientôt accueillir de cette espèce un individu dont on disait beaucoup de bien. La comtesse Humiecka l'amenait dans ses bagages. Elle parcourait les cours d'Europe, récoltant quelques fonds grâce à lui, avant de rejoindre, après Versailles, celle d'Angleterre. Parente de Stanislas, épouse du grand porte-glaive de la couronne de Pologne, elle avait les yeux bleus et l'embonpoint de ses ascendants, le goût des sucreries et une nombreuse compagnie de jeunes dames plus charmantes les unes que les autres. Son nain, Joseph Boruwlaski, surnommé Joujou, était la pierre précieuse de cette parure étincelante et tapageuse. Son père, de petite noblesse polonaise, avait procréé six rejetons – trois d'entre eux n'excéderaient pas les quatre-vingt-dix centimètres –, et perdu tous ses biens au service de Stanislas avant de mourir dans la misère. Joseph avait été vendu par sa mère, disait-on, à l'âge de neuf ans à la grosse madame de Caorliz, future comtesse Tarnowska, qui, enceinte, et ayant peur de mettre au monde à son tour un être difforme, l'avait offert à la comtesse Humiecka. Cette dernière l'avait pris sous sa protection et lui avait enseigné les manières du grand monde. Quittant Varsovie, ils avaient d'abord séjourné à la cour de l'impératrice d'Autriche. Marie-Thérèse, pleine d'admiration pour Joujou qui avait dansé avec talent une polonaise sur le parquet miroitant du grand salon d'apparat, s'était empressé d'ôter une bague ornée d'un diamant du doigt de sa fille de trois ans, Marie-Antoinette, pour la glisser à celui du danseur. Ils s'étaient ensuite rendus à Munich où l'électeur Maximilien Joseph et son épouse Marie-Anne, fille d'Auguste III de Pologne, les avaient reçus avec cette chaleur teutonne faite d'humour et de banquets, avant d'être invités à la cour du duc de Lorraine et de Bar, Stanislas Leszczynski. En quelques mois, Joseph avait appris à devenir le nain de salon le plus accompli d'Europe. Et le plus ambitieux.

Lorsqu'il arrive au château, Nicolas est dans sa maison devant le livre que Piccolino lui a confié. Le géant Ymir vient d'être assassiné. On le dépèce à *tire-larigot*. En langage nain tire-larigot signifie que de son sang on tire la mer, les fleuves et les lacs, de son crâne le ciel, de son cerveau les nuages, puis de ses cheveux ce sont les arbres et les plantes, de ses os les montagnes, de ses dents les rochers, et enfin, des vers grouillant dans sa chair, naît le peuple des Nains. Les images sont peintes en couleurs vives, leur dessin est précis, granuleux, vivant de cette vie d'avant les hommes, comme extrait de la feuille de papier. Nicolas tourne les pages du livre, il n'a encore jamais rencontré un de ses semblables en chair et en os. Stan lui a fait de Joseph un portrait à la ficelle. En langage nain *à la ficelle* veut dire charmant. Joseph posséderait donc toutes les qualités pour lui tenir compagnie, voire devenir son ami. Cela le changera des enfants de cinq à sept ans qu'on lui fait rencontrer, polis et babillards. Son nom, Joujou, l'amuse aussi, il sonne bien, presque comme le cri des militaires, joujou, feu! et la balle jaillit du fusil. Il a hâte de passer en revue la garde du roi avec lui. Et de lui faire la visite de son appartement.

La rencontre a lieu dans le salon de madame de Boufflers peuplé de dames aux cheveux dorés, en robes volantes imprimées de fleurs si nombreuses que la pièce en est tapissée. Leurs petites têtes de poupée sourient au passage de Nicolas. Les jupons balayent le sol en feulant de plaisir, on caresse le nouveau venu, l'entoure, le câline, Stan le prend dans les bras, une vieille comtesse lui tripote les mains, Nicolas se retient de la souffleter, sa bouche empeste l'oignon, il n'a toujours pas vu Joseph, le cherche parmi les jupons, il doit s'y cacher, le pauvre petit, comme si Nicolas allait le manger, lui qui veut en faire son ami, allez sors de ton trou, fais honneur à ton peuple et rejoins-moi, à nous deux nous lèverons une armée de frères pour combattre les tyrans, les cuisines regorgent de friandises, nous en ferons grande provision, et de poudre à canon, je sais où en trouver, mais montre-toi bon sang. Nicolas passe de bras en bras, il halète, pressé contre les corsets. On le repose enfin à terre. Depuis quelque temps, aux premiers froids, il a un peu de mal à respirer, sa poitrine se creuse malgré lui, l'air brûle, il étouffe, puis cela passe. L'automne est une saison où le feu se change en ombre, se colle aux carreaux en gouttelettes aiguës, lui entre dans la gorge et les poumons. Casten dit qu'il suffit de se tenir au chaud. De respirer du vinaigre et de garder le lit. Joseph doit être dans le sien à cette heure, le salon de la Boufflers, malgré ses tapis, est une vraie glacière parcourue de vents coulis et d'affreux courants d'air. Sans compter ceux des dames qu'elles déplacent avec leurs jupons. Par chance elles s'occupent un peu moins de Nicolas, babillent entre elles, battent des mains, puis toutes se tournent en même temps. Nicolas suit leur regard. C'est lui.

Joseph est beau. Joseph est jeune. Joseph est plus petit que lui. En gilet blanc, culottes blanches et veste rouge bordée de vert. Il porte une épée au côté, des épaulettes d'or, et une perruque poudrée. À l'entrée du salon, le bras appuyé sur celui d'un fauteuil, il sourit, le monde à ses pieds. L'essaim des robes frissonne, s'approche, s'apprête à le happer lorsqu'il prend subitement la parole, mais dans une langue que Nicolas ne comprend pas, une langue qui n'est pas celle bondissante des nains – Piccolino la lui a enseignée, en majorité des B et des E, alors que celle-ci chuinte et coule, craque et suinte, un vrai bol de bouillie – une langue qui n'est pas celle d'ici non plus. Stan semble pourtant en apprécier les borborygmes au point d'y répondre. Et de désigner Nicolas de ses mains boudinées. Joseph hoche alors la tête, s'avance d'un pas feutré vers lui – il a d'exquis souliers vernis fermés de boucles en argent – et s'exclame sans qu'on lui ait rien demandé : « Monsieur Bébé, je vous salue ! »

Le son d'une voix ne ment pas, celle de Joujou grince et charme à la fois, tient haut sa note et s'évapore. Accompagnée d'une courte révérence du buste, elle fait frissonner ce qui avant elle n'était qu'un silence embarrassé. Nicolas lui répond par un hochement de tête militaire qui fait son petit effet, et sourire Joseph. Une accolade serait peut-être la bienvenue mais il préfère garder ses distances et sourire à son tour, en silence. Joseph a de grands yeux noirs, le nez pointu et le front haut, il vient d'écarter les mains, « Quel honneur ! », dit-il. « Quel honneur pour moi, Mesdames et Messieurs, de me trouver, quoique étranger, digne de votre intérêt au milieu de cette éclatante compagnie ! Mais permettez-moi de le dire, Messire Bébé, quelque flatté que je sois de la place que j'occupe ici, je renoncerais volontiers à la qualité de nain de cour si j'avais celles qu'il faut pour être votre concurrent, et il me serait plus glorieux d'occuper une place à vos côtés que de contribuer à marquer celle que vous devez occuper parmi les autres. »

Tout en parlant, Joseph se déplace entre les jupes, la main sur le pommeau de son épée. Nicolas a beau l'écouter, il ne comprend pas un traître mot de son discours. D'ordinaire les grandes paroles lui passent par-dessus la tête pour la raison qu'elles sont prononcées par de grandes personnes. Dites à présent à sa hauteur – et d'un trait, sans reprendre souffle, à croire que Joujou les a apprises par cœur, qu'il les récite comme l'alphabet – ne change rien à l'affaire, les mots se succèdent à la façon de cailloux dévalant une pente, on en ramasse un ou deux au hasard pour finir par les laisser dans le tas. Joseph les déballe de la besace de ses poumons sans le moindre effort. La réserve semble inépuisable. Il se tient près de Stan à présent, se retourne vers Nicolas. « Et quel goût dans tout ce que je vois ! pérore-t-il en agitant ses doigts. Mais qu'est-ce que le goût, me direz-vous ? » poursuit-il avec de grands petits gestes. « Une qualité qu'un génie médiocre regarde comme la sienne », et il détourne les yeux de Nicolas, « qu'un esprit critique croit n'être celle de personne, dont tout le monde parle » et il lève la tête du côté de la Boufflers, « que peu d'hommes connaissent, et qui, à force d'être définie, est devenue indéfinissable. » Et il se plante à nouveau face à Stan. Les courtisans sont bouche bée, on voit leurs dents plus ou moins gâtées. Mais le roi, subitement, saisit Joseph, le porte à sa hauteur et dépose un baiser sur son front. Les dames applaudissent, les messieurs se rengorgent. Nicolas n'en croit pas ses yeux, son sang se glace dans ses veines, l'ombre envahit le monde et tout s'évanouit dans son cœur comme ce jour où, en compagnie de Madame Pompon, il avait vu la lune passer devant le soleil. Les oiseaux avaient cessé de chanter, les animaux de bouger, le soleil de briller, toutes les couleurs avaient été effacées, et soudain, dans la nature changée en cendre, il avait fait un froid inconnu de la peau, un froid d'os qui avait pénétré Nicolas jusqu'à l'âme.

Stan a reposé Joujou qui déambule au milieu des dames. Chacune l'accueille, le félicite, le flatte. Qu'il est adroit, intelligent, et si gracieux, n'est-ce pas ! Et fort, par-dessus le marché, un vrai athlète en miniature, à ce qu'on dit, ce qui ne gâche rien. Et possédant une très bonne mémoire, un jugement sain, un cœur sensible. Apprenez donc qu'il lit, écrit, sait la musique, les mathématiques, le polonais, l'allemand et le français sur le bout des doigts. Et avec cela très instruit dans la religion catholique, il pourrait vous dire la messe en latin s'il le savait. D'une patience d'ange, à ce qu'il paraît, sans jamais l'ombre d'une colère, d'une méchanceté, d'une querelle, une sorte de saint de poche. On ne s'étonne pas qu'il plaise aux dames. Quelques-unes, dit-on, ont succombé à ses charmes, et il en possède de cachés. Ah ! Ah ! Un véritable amour de boudoir.

Nicolas n'écoute plus, les frelons ont mangé ses oreilles. Cela bat, emplit sa tête, lui vrille le corps jusque dans les mains. Il s'approche de Joujou, de sa veste écarlate, de son petit ventre de satin blanc, s'immobilise à quelques pas de lui.

Une grosse dame s'entretient avec le petit prodige, elle veut savoir tout de lui, et d'abord de quelle religion il est car elle est de l'Église réformée dont le roi tolère les dévots. « Catholique romain » lance Joujou gaiement. Nicolas est près de lui, il peut sentir la poudre parfumée de sa perruque. « Eh bien, ce n'est pas ainsi que vous gagnerez le ciel, mon petit ami ! » s'exclame la dame en riant. Nicolas n'est plus qu'à quelques centimètres de Joujou qui rit de bon cœur avec elle. « À voir, Madame ! rétorque-t-il, la porte du ciel étant fort étroite, il me semble que j'ai beaucoup plus de chances que vous d'y entrer. » Des rires fusent de toutes parts, la dame rougit un peu, salue ses voisines d'un air entendu. Nicolas pourrait leur lacérer le visage avec les ongles, mais, au lieu de cela, sa main s'élance, attrape la perruque de Joujou et la jette à terre, sans un mot. Il devrait la piétiner, bien sûr, mais ce ne serait pas digne de lui.

Les rires ont cessé, on le regarde enfin, il se redresse, bombe le torse, il choisira l'épée, c'est tout de même lui l'offensé après tout, et le pistolet est trop lourd à manier. Mais l'offenseur ne bronche pas, il ramasse sa perruque, la secoue, un nuage de poudre s'en échappe, et il la remet avec soin. Puis en regardant Nicolas dans les yeux : « À ce que vous voyez, j'ai une tête bien faite, Monsieur ! »

De nouveaux rires résonnent de tous côtés sans qu'on sache pourquoi. Joujou se retire, l'air satisfait, souriant, quand il devrait être mort de honte sur-le-champ. Nicolas n'a jamais vu tant de lâcheté, de suffisance, de mesquinerie, c'est à pleurer de rage. Refuser de se battre ! Tourner le dos à l'ennemi ! Reprendre baisemains et rond de jambe comme si de rien n'était ! Le monde a-t-il donc perdu tout sens de l'honneur, du sang versé et de l'amour ? L'âme sa vérité de corps-à-corps et de combats ?

C'est décidé, Nicolas dégaine sa dague, s'élance et va pour se précipiter sur Joseph lorsque deux mains ou plus, il ne sait pas compter, l'attrapent et le transportent dans un coin du salon. Impossible de résister. Il se débat un peu pour la forme, mais une muraille se dresse devant lui, la dague gît à ses pieds, Stan le regarde. Ce ne sont plus deux yeux bienveillants et bleus qui descendent sur lui mais un jour gris, triste et déçu. Deux petites lampes sans amour qu'une voix sourde allume. « Quelle mouche vous a piqué, Bébé, pour vous comporter de la sorte ? » dit-elle. Nicolas tremble sur ses jambes, il n'ose parler des frelons qui se tiennent en embuscade. Il va falloir du temps pour les apaiser. « Voyez, Bébé, quelle différence il y a entre vous et Joujou », reprend la voix, en désignant Joseph. « Il est gai, aimable, amusant et instruit, tandis que vous, oui, vous, vous n'êtes qu'une petite machine. » La voix chuchote encore quelques paroles, regagne les sommets et s'en va.

La neige, au moment de fondre, ne fait entendre aucun bruit. Puis tombe goutte à goutte des toits. Nicolas retient ses larmes. Elles s'écoulent au-dedans. Les sanglots prennent la relève, des sanglots venus de très loin, d'une déchirure inconnue, presque agréable. On passe le doigt dessus, cela chatouille, bouleverse mais on ne pleure pas, parce qu'on est un nain et que les nains ne pleurent pas.

À l'autre bout du salon, Joseph lève son verre à la santé d'on ne sait qui. Nicolas le voit à travers la loupe de ses larmes. Sa veste rouge lui fait sur la poitrine une large traîne de sang. Pour tuer, il faut viser le cœur. Il y a un point entre les côtes où la lame s'enfonce sans plier. Son maître d'armes le lui a enseigné. Nicolas ramasse sa dague, essuie son nez. Joujou est aimable, amusant et instruit. Et il ne perd rien pour attendre.

L'hiver arrive d'un seul coup de ciel bleu. Le canal miroite, gelé. Les feuilles craquent au pied des arbres. Les corbeaux cisaillent le ciel. Nicolas ne sort presque pas. Le froid l'empêche de respirer. La suie des mauvais soirs suinte de la cheminée. Au matin, l'âtre rompu au froid ignore le feu, il faut le raviver, le nourrir d'une bûche, attendre qu'un valet daigne s'en occuper.

Les grands arbres du parc nouent le brouillard à l'aube, une vague pâleur d'or pend au-dessus des champs, écarte les vapeurs, les courbes sur la terre, et c'est du bleu soudain alignant l'horizon qui glace le regard. Nicolas pose son front sur le carreau. La fièvre se calme un peu entre la peau et l'os. Tout au bout de l'allée, deux chevaux noirs tirent un cabriolet plus petit qu'un jouet, le cocher emmitouflé dans sa houppelande. Nicolas s'écarte de la fenêtre, il ne veut pas savoir qui va en descendre. Il vient de perdre une nouvelle dent.

Une fois la semaine, Bébé manie le fusil en habit de grenadier sur la table au repas de midi, mais le cœur n'y est plus. Joujou n'y est jamais présent, on évite soigneusement de les faire se rencontrer. Montauban lui a appris comment on l'avait déposé dans une urne dont il était sorti en livrée de valet, faisant sa révérence, un violon à la main, comment il en avait joué avec les musiciens en déclarant que son souhait le plus cher était que son archet, trempé à l'eau de ses larmes, inonde à son tour l'ouïe des auditeurs. Montauban a grimacé et levé les yeux au ciel en disant cela, mais Bébé sentait que lui aussi était tombé sous le charme du nain.

Il n'était pas le seul, les valets n'en finissaient pas de vanter à demi-mots ses qualités, son art consommé du chant, de la danse, son aisance en toutes circonstances, ses traits d'humour qu'il dispensait comme d'autres les privilèges, et toujours avec cette retenue qui, loin de rabaisser son interlocuteur, semblait en rehausser la valeur. Personne, et les laquais moins que les autres, ne paraissait conscient d'avoir affaire à l'être le plus hypocrite, malfaisant, hybride de son espèce. Si la nature donnait les traits du visage, la fourberie les démontait à son gré, comme disait Stan. Ce dernier était d'ailleurs venu tenter une réconciliation. Joseph Boruwlaski devait être traité comme tout invité digne de ce nom, avec estime, respect, et même bravoure, la jalousie dont témoignait Bébé n'avait pas lieu d'être, la valeur de chacun se jugeait selon ses qualités naturelles dont on ne pouvait comparer les bienfaits qu'à l'aune de son cœur, et, du reste, c'était souvent gagner un procès que de ne le plus poursuivre inutilement.

Pour apaiser les choses, le roi et la princesse de Talmont avaient organisé une soirée lors de laquelle les deux ennemis avaient dansé tour à tour sur des gavottes endiablées, et Nicolas s'en était très bien tiré, mieux que Joujou à dire le vrai, avec plus de vivacité, d'invention. La danse le portait toujours au-dessus de lui-même, c'est-à-dire au centre, dans l'oubli de soi, l'ivresse du meilleur de soi. Plus rien ne pesait à cet instant, ni la terre et ses cris de douleur, ni les regards méprisants de la cour, ni les mauvaises pensées.

Du talon à la tête, un frisson le ravissait, la terre se dépeuplait en un éclair, et tout son être se réfugiait dans la musique, son tourbillon d'or et d'encens. Joseph en avait paru très impressionné, il avait salué sa prestation, genou plié, mais Nicolas ne s'était pas laissé fléchir, il avait tourné les talons, effectué une dernière pirouette et avait regagné les jupons de la princesse.

Il n'avait pas revu Joujou depuis, ou seulement de loin, par la fenêtre de sa chambre.

Lorsqu'il reçoit un billet de sa main, son sang ne fait qu'un tour. Montauban lui lit la missive : Joseph le prie de bien vouloir lui rendre visite, il désire témoigner de la vive amitié et de la gratitude qu'il éprouve pour lui et prendre à son compte tous les manquements qui ont pu entraîner la querelle qui semble les opposer. Il lui aurait une reconnaissance éternelle en acceptant son invitation dans le boudoir de la comtesse, sa maîtresse. Pour l'occasion, il a fait monter des cuisines quelques totsches à la pomme et à la cannelle qui sont encore chaudes.

Nicolas réfléchit. Cela lui prend peu de temps. Les pensées se font et se défont dans son esprit à la vitesse du rêve. Quelques-unes tiennent un peu plus longtemps que les autres, et les totsches en font partie.

Un bon feu flambe dans la cheminée du boudoir. Joseph se lève à l'arrivée de Nicolas. Il a passé une veste de velours bleu et un foulard autour du cou. Un parfum de cannelle s'élève du plat de beignets. Nicolas, encore transi de sa traversée dans les couloirs glacés du château, en prend aussitôt un pour se réchauffer. Joseph est si heureux de l'accueillir qu'il en oublie de se servir. Les totsches sont délicieuses, Gilliers sait y faire. Joujou veut s'excuser s'il a pu blesser son hôte de quelque manière que ce fût dans ce salon rempli de beau monde, l'autre soir, mais il fallait qu'il y brillât comme il se doit de le faire au service de la comtesse. Il en convient, la vanité y prenait sa part mais on l'avait tant alerté sur les mérites extraordinaires de Nicolas – Je peux vous appeler Nicolas, n'est-ce pas ? – qu'il avait dû pousser son pion à l'excès. Il le regrettait d'autant plus amèrement que cela avait nui à une entente, une amitié dont il s'était promis de susciter et d'entretenir la flamme. Cet incident relevait désormais du passé et, pour les semaines à venir, avant de se rendre avec la comtesse à Versailles, il espérait de tout cœur que, lui pardonnant son écart, ils passeraient leurs journées en bonne et loyale harmonie.

Les pommes fondent dans la bouche sous le beignet sucré et croustillant. Nicolas en a les lèvres barbouillées.

– J'ai été bien sot, je le reconnais, s'exclame Joseph. Vous savez, il n'est pas rare que les sots dominent d'abord toute assemblée. C'est le limon qui s'élève à la surface des eaux, jusqu'à ce que, l'agitation venant à cesser, il se précipite de lui-même.

Nicolas cesse de mâcher. « Sot » est un mot qui, chaque fois qu'il l'entend, lui bondit au visage et lui retourne le cœur. Il repose son beignet, s'essuie la bouche au revers de sa manche.

– Nulle part on n'a tant besoin de gaieté que dans les cours, reprend Joseph sans voir le geste de Nicolas, et c'est là précisément qu'on en trouve le moins, n'est-ce pas ? Nous partageons, vous et moi, le même destin : nous avons été jetés dans le monde pour divertir le monde et amuser les cours. Et quoique l'envie de divertir n'est louable qu'autant nous cherchons à nous faire estimer, elle n'en demeure pas moins l'unique objet de nos attentes et de notre raison d'être. Et voulez-vous savoir pourquoi ?

Nicolas n'est pas certain de vouloir l'apprendre. La cannelle lui colle encore la langue. Au début, elle est chaude et onctueuse, puis c'est une poussière âcre contre le palais, un peu comme les paroles de Joseph. Une tasse de chocolat serait la bienvenue mais il n'y en a pas.

– C'est que, malgré nos dons et nos vertus, poursuit Joseph, nous sommes tous deux des hommes que la nature semble n'avoir pas pu achever. Voilà mon sentiment. Que l'on juge d'ordinaire les êtres de notre espèce ainsi que des avortons n'entre pas dans mes considérations. Car l'on se trompe, nous sommes faits du même cœur que celui de la multitude, de la même âme, du même désir d'aimer et d'être aimés qu'elle, nous naissons et mourrons avec les mêmes aspirations à faire le bien et éviter le mal. Mais la nature, par un dessein que la science expliquera peut-être un jour, a suspendu sa main pour nous laisser incomplets, telle une ébauche d'homme dans le tableau du monde.

Les totsches sont froides désormais. Joseph aurait dû en manger une tant qu'elles étaient chaudes, cela lui aurait évité de dire n'importe quoi. Nicolas s'en était douté dès le premier instant, Joujou n'est qu'un idiot, un imposteur, un traître à sa race. Il n'a rien de commun avec lui. Pis, il est l'ennemi du peuple des Nains. Qu'il ose même en évoquer les représentants fait frémir de honte et de rage. Ne voit-il pas que de tous les êtres vivants ils sont les plus parfaits. Les meilleurs. Ce ne sont pas eux mais les hommes que la nature n'a pas eu le loisir d'achever. Les hommes avec leurs pauvres appétits, leurs désirs de tout et de rien, leurs plaintes jetées dans le vent. Les hommes avec le bouillon incessant de leurs paroles dont ils vous aspergent le front, avec leurs regards fuyants, affamés, toujours prêts à blesser. Ce sont eux dont on vénère l'ébauche, la pierre mal dégrossie, quand il faudrait une fois pour toutes la mettre au rebut et qu'on n'en parle plus. Le peuple des Nains n'a que faire de cette engeance indigne. Qu'il condescende à la narguer semble déjà de trop. Elle-même le reconnaît, elle a été tirée de la boue pour y retourner aussi sec. Une engeance de terre modelée à la va-vite que tout effraye, voilà ce qu'elle est. Du sang, de l'âme et de la peau. Mal fagotée, à demi cuite. Incomestible. Et dont Joseph fait partie, bien qu'il prétende le contraire. Nicolas pourrait le lui prouver sur-le-champ, mais les mots lui manquent, et la colère l'envahit avec trop de force pour qu'il puisse s'expliquer là-dessus. Piccolino aurait été présent, il lui aurait cloué le bec, mais Nicolas est seul avec cet affreux goût de cannelle dans la bouche. Le monde est un boudoir de satin rose qui sent le beignet et la suie.

– Qu'en dites-vous, mon bon ami ? fait Joseph. Je vois bien qu'à vous aussi le triste sort de notre nature ne laisse pas de vous troubler.

Mais Nicolas ne l'écoute plus, il s'est levé, fait les cent pas dans la pièce avec l'envie de briser quelque chose. Joseph descend de son siège, se rapproche pour lui tendre les mains. Elles gigotent comme quand on cherche dans l'ombre un obstacle qui ne s'y trouve pas.

Alors Nicolas les saisit. Il faut en finir. Toute traîtrise mérite un châtiment exemplaire. Il tire à lui Joseph qui, surpris, ne pèse guère plus qu'un fagot de petit bois et le projette sans résistance dans la cheminée. Le traître prend feu aussitôt, se met à hurler, à courir et appeler à l'aide, l'habit en flammes, le diable à ses trousses. Mais à peine Nicolas a-t-il le temps de rire que des valets accourent, éteignent l'incendie avec leurs vestes, bientôt suivis de Stan et de la princesse de Talmont. Joujou s'en sort avec le cul tout noir. Les siens ont réussi à le sauver des flammes. Le roi a le visage rouge comme du vin de Porto. La princesse lève les bras au ciel. Bébé sera puni avec sévérité. Qu'importe ! Le peuple des Nains a lavé son honneur. Que je meure par le feu, que je sois malheureux si je manque à mon vœu !

Joujou et la comtesse Humiecka sont partis pour Versailles dont Nicolas connaît tous les recoins. Il y est toujours accueilli avec mille caresses, passant de main en main, goûtant à toutes les confiseries, à tous les sourires. Versailles est une cassette fardée de miroirs et de jeux. On y lâche des pets avec des mots d'esprit. Les dames y sentent la poudre de riz et la semence de boudoir. L'ombre s'incline très bas au détour des fenêtres et dans le parc les tritons crachent de l'eau comme on vomit des perles. La reine possède plusieurs mentons qu'elle protège sous la soie. Elle a, sur son bureau de rose, un ravissant crâne qu'elle illumine de l'intérieur. Elle l'appelle La Belle Mignonne Nicolas l'a vue faire. Elle se met à prier, en caresse la calotte et se retire, les larmes aux yeux. Personne ne l'a punie pourtant.

Pour ce qui est de Nicolas, les coups de bâton promis par Stan n'ont pas été donnés, Joseph est intervenu pour lui épargner ce supplice. De quoi s'est-il mêlé ? cela fouette les sangs et donne à se venger. Après quelques conciliabules, on l'a privé de jeux et de gâteaux. Même si Montauban lui apporte en cachette du lait chaud sucré à la vanille.

Nicolas a perdu une nouvelle dent. Stan n'en a plus beaucoup, lui non plus. Les dents sont de petites tours d'ivoire où l'on attend la mort.

L'autre soir la princesse de Talmont est venue le visiter. Elle a frappé au toit de sa maison ; il lui a fait dire qu'il n'y était pas. Il préfère de mille fois la compagnie de Piccolino, mais celui-ci vient de moins en moins.

L'ombre gagne la maison. Dans leur cage les oiseaux se sont tus. Il fait grand soleil pourtant dans les jardins.

Nicolas songe encore à Versailles qu'il aime plus que tout. Quel spectacle ce serait d'en voir flamber les toits ! Quelle joie ce serait de danser dans ses cendres !

Mais le silence vaut mieux.

Et le parfum de l'ambre.

Un baiser

Je ne sais pas pour vous, mais Bébé m'agace parfois. Son air de perpétuel dédain, la vanité dont il fait preuve dans les plus petites comme dans les plus grandes circonstances, sa gourmandise irrépressible, cette faculté innée qu'il a de jouir du désordre, de casser la vaisselle pour un rien, de vouloir tout, tout de suite, et de l'obtenir chaque fois ou presque auprès de Stanislas dont on sait pertinemment par les écrits qu'il a laissés combien l'éducation des enfants le souciait, combien il redoutait de devenir lui-même un « gâte-enfant », et nous en avons pour preuve ses conseils expliquant que pour les plus jeunes « le luxe n'est bon à rien », qu'il est utile « que l'on corrige, que l'on dompte même les inclinations vicieuses, plus physiques encore que morales, qui se manifestent dès le berceau », ou encore « qu'on accoutume nos enfants à une vie sobre et frugale car les légumes leur vaudront bien mieux que les viandes», toutes ces belles sentences qui n'engagent que celui les prononce et dont Nicolas n'a sans doute pas profité pour la raison qu'il n'est pas vraiment un enfant mais un nain turbulent, impatient, colérique, empressé à manifester son mécontentement, à exiger d'être le centre de toutes les attentions, à réclamer ce à quoi il n'a pas droit; tout cela, cette mesquinerie permanente et ces enfantillages m'accablent au point de me demander si dans cette humanité en réduction quelque chose de bon est encore à extraire, une vertu, une souffrance, une once de charité, un seul élan du cœur, enfin une action qui mériterait autre chose qu'une bonne fessée.

Je ne sais pas.

Cependant, une courte histoire d'amour, si j'ose dire, avait durant quelques jours occupé le petit cœur de Nicolas. Tout le mérite en était revenu au personnage que nous venons de rencontrer, Joseph Boruwlaski, nain de salon de son état, grand séducteur du sexe faible dont de charmants exemplaires papillonnaient à la suite de la comtesse Humiecka.

Joujou avait, à dix-neuf ans, connu plusieurs femmes – on soupçonnait d'ailleurs la comtesse de s'en servir à l'occasion –, ne rêvait que de se fiancer, et d'épouser une belle grande fille dont il aurait des enfants – ce qu'il finit par faire avec une certaine Isaline, fille d'un couple de Français installé en Pologne et demoiselle de compagnie de la comtesse, non sans avoir auparavant discrédité une ou deux demoiselles, devenues filles à nains, comme on dit filles à matelots, action condamnable, s'il en fut, et dont il nia toujours le bien-fondé, se jugeant lui-même très religieux (« Mon âme n'est chargée que d'une minime part corruptible » assurait-il à qui voulait l'entendre) ; Joujou donc, qui devait recevoir une rente du roi Stanislas, vivre jusqu'à l'âge de quatre-vingt-dix-huit ans, écrire ses *Mémoires*, devenir grand-père, et qui par fraternité « nanistique », ou peut-être par pitié, par cruauté sinon, réussit à enflammer le cœur de Nicolas avec le concours d'une jeune fille de la maison de la comtesse.

Marianne a dix-sept ans comme lui. Sa silhouette se découpe sur une bergère à la tapisserie rose, elle a les cheveux retenus par un ruban, des taches de son sur les joues, les yeux bleus et elle fait la lecture à la comtesse avec cet air réservé et studieux de jolie Polonaise. Nicolas la regarde, il n'écoute pas l'histoire qu'elle lit, il ne voit que ses lèvres, leur remuement de petit animal, sa poitrine qui se soulève au rythme de sa respiration, sa main qui tourne les pages du livre. Marianne est amoureuse de lui, Joujou le lui a assuré, même si elle n'en a pas encore conscience. C'est que le cœur des jeunes filles est muet tout d'abord, comme sidéré, puis, d'étoile en étoile, ou de pétale en pétale selon le doigté qu'on adopte, il s'ouvre, s'épanouit et se met à resplendir. Il faut s'y préparer avec délicatesse, ne pas en précipiter l'éclosion, laisser faire la nature. Si Marianne est demoiselle de compagnie, Nicolas, lui, est maître dans sa demeure. Pourtant, près d'elle, il sent n'être rien d'autre que son débiteur. La taille n'a rien à voir dans l'affaire, chacun des regards qui descendent sur lui l'élève d'autant, ils se promènent dans le parc, une fois le service auprès de la comtesse terminé, elle parle de son enfance en Pologne, de l'étape merveilleuse qu'ils ont faite à la cour d'Autriche, de Versailles qu'elle ne connaît pas et où elle a hâte de se rendre; il l'écoute, il n'a plus froid. Elle le regarde un peu mieux et son cœur cesse de battre. Nicolas à cet instant ne vit presque plus, suspendu au bleu de ses yeux qui, brusquement, le délaissent, et il redevient lui-même. Cela n'a duré que le temps d'un éclair, a bouleversé sa chair soudain moins inutile, l'a illuminée de part en part, puis l'on retourne au cri, au silence, à quelque chose qui ressemble à des larmes.

Ces promenades, il les attend avec impatience, la peur au ventre, dans le pressentiment d'un événement à venir unique, terrifiant, en comparaison duquel tout ce qu'il a connu jusque-là n'est qu'un tremblement.

Un après-midi, comme ils remontent des bas bosquets vers le château, une averse les surprend. Ils se mettent à courir, trouvent une cabane, s'y réfugient. La pluie crépite sur le toit, cela sent la pomme et les feuilles mortes, une douce pénombre les enveloppe. Marianne s'ébroue en riant, secoue les gouttelettes de ses cheveux, de son front, regarde autour d'elle les casiers pleins de poires et de pommes, les ustensiles de jardinage, puis son regard se pose sur Nicolas, et si grave soudain qu'on dirait qu'elle le voit pour la première fois. Nicolas en est comme pétrifié. La pénombre se presse autour de lui. L'instant qu'il espérait depuis si longtemps est en train de se réaliser. Sa vie semble se retirer, et le sang. Marianne se penche vers lui, ils sont les yeux dans les yeux, dans la beauté, le silence, Nicolas n'entend plus la pluie, ni les battements de son cœur, le ciel descend sur lui sous les traits d'une demoiselle qui s'approche toujours plus et dépose un baiser sur sa bouche. Deux lèvres mouillées de pluie. Le temps s'arrête. Nicolas cesse d'exister.

L'amour vient de le prendre dans le parfum des pommes.

Puis elle le serre furtivement contre elle, se redresse, lisse sa jupe, jette un œil dehors, la pluie s'est arrêtée, son souffle humide passe le seuil de la cabane, le toit s'égoutte à grosses gouttes de silence, il est temps de rentrer.

D'autres baisers suivront, volés pour la plupart, entre deux portes, loin du regard des domestiques, de Montauban toujours à l'affût, entre deux rires, et l'on se choque les dents, se mordille la lèvre ; ou bien c'est au passage d'une antichambre, et Nicolas trousse et court après les jupes comme il sait le faire ; ou mieux, à l'ombre d'un petit salon inoccupé, sur une méridienne, malgré le froid, le corset dégrafé, la main plongée sous le jupon dont on revient les doigts légers du lourd parfum. Des baisers sans autre promesse qu'un regard langoureux, un goût de chair et d'eau, qu'on quitte le rouge aux joues, le souffle court. Des baisers de velours, de paille, lancés de loin, attrapés au vol, derrière un bosquet, sous une tonnelle, dans le vent de l'hiver. Des baisers pour jouer puisqu'il suffit d'être heureux, d'oublier son visage et de fermer les yeux. Des baisers qui auraient pu durer toute une vie, mais Marianne doit se rendre à Versailles, Marianne est partie, elle reviendra, c'est promis, au printemps, avant de voyager avec la comtesse en Angleterre. Nicolas veut la suivre mais il a la garde des grenadiers à passer en revue, des fêtes à égayer, des danses à exécuter, et puis le printemps, c'est demain.

Il est heureux, il a mis l'amour dans un sac qu'il porte toujours avec lui, avec quelques confiseries. Il pioche dedans matin et soir. Elles sont délicieuses, moins pourtant que celles de Marianne, que le petit pain chaud de sa langue. Parfois il en oublie le goût, il faut alors retourner aux cuisines. Puis trouver un coin de leur salon où les déguster, seul.

C'est dans l'eau chaude du baquet que la chose est survenue. Sa verge s'était dressée comme elle le faisait parfois, et il avait coutume de la saisir, de s'en amuser à la façon d'une dague de chair jusqu'à ce qu'elle s'amollisse à nouveau. Mais là, c'était différent, il n'avait pas même eu le temps de la toucher qu'un feu fulgurant, inconnu, lui avait pris les reins, redressé la verge douloureusement, au point de la faire exploser, et soudain en était jailli, en même temps qu'un plaisir inouï, un jet qui aussitôt s'était changé en volutes blanchâtres dansant lentement dans l'eau du bain. Il avait pensé à son sang, et qu'il était peut-être en train de s'en vider, mais non, cela collait aux doigts, pareil à du blanc d'œuf. La jouissance avait été d'autant plus intense qu'elle avait été inattendue. Une sorte de honte l'accompagnait maintenant sans qu'il pût en expliquer la raison, comme s'il avait volé ce plaisir, ou qu'il n'en avait pas le droit, du moins dans ce baquet d'eau chaude, mais volé à qui ? car c'était sa semence tout de même. Cette découverte l'avait rendu à la fois fier et triste, elle venait alors que Marianne était partie, il ne pourrait plus l'en faire profiter, pas immédiatement, pas avant le printemps, ç'avait été comme une victoire remportée sur une ville désertée. Il avait tenté de renouveler l'opération mais cela n'avait pas marché. Sans doute la semence prenait-elle du temps pour se recharger, un peu comme avec un fusil, bourre, poudre et plomb qu'on tasse ensemble. Le capitaine de la garde saurait mieux expliquer cela que lui peut-être. Il aurait fallu lui en toucher deux mots. D'homme à homme. Ou à Stan sinon.

Sa verge avait repris sa taille habituelle. L'agiter ne servait plus à rien. Il l'avait laissée flotter tout à son aise en pensant à Marianne.

Quand elle arrive enfin, jonquilles et narcisses couvrent les talus des bosquets, percent les bourgeons laiteux des marronniers, les forsythias copient mille soleils, les rosiers s'emplument de boutons sous le pépiement des merles, mais Marianne ne le regarde pas. Il s'est jeté sur elle et elle l'a repoussé avec ce geste qu'on réserve aux animaux domestiques. Il la suit, elle l'écarte. Il tente de retrousser sa jupe, elle le fouette d'un revers de satin, et finit par l'ignorer tout à fait. C'est à n'y rien comprendre, à pleurer. Il l'attend pourtant dans le parc à l'heure où ils se promenaient, le soleil lui brûle le visage, au moins c'est une douleur qu'il connaît, mais elle ne consume que sa peau, et Marianne ne vient pas.

Dans les salons, après souper, la nombreuse compagnie s'amuse, hommes et femmes paraissent des machines à ressort, allant, venant, parlant sans penser, sans réfléchir, ni sentir la souffrance qui lui rompt le cœur, et telle duchesse crève de rire, telle autre fait la fine bouche, la troisième jabote sur tout. Marianne, au milieu d'elles, raconte son Versailles. Pour couronner le tout Joujou, en grande forme, fait grincer son archet.

Panpan s'est approché de Nicolas dont il a deviné la douleur. « Nous avons de l'esprit auprès des femmes à proportion que nous le leur faisons perdre, lui dit-il. Sortis de cela, nous ne sommes que leur jouet. » Nicolas ne comprend rien à ces finesses mais la présence de Panpan le console malgré tout. « L'amour nous gouverne, Bébé, reprend celui-ci. Il est un monarque autoritaire dont nous sommes les sujets soumis, et les quelques instants de bonheur qu'il nous procure ne valent pas la liberté que nous perdons à le poursuivre. » Marianne s'anime, virevolte de l'un à l'autre, tourne, s'assoit sans jamais un regard vers Nicolas.

Joujou a reposé son archet, on l'applaudit, et soudain Marianne se lève, rejoint le nain et le caresse. Le sang de Nicolas se glace dans ses veines.

Le cœur des gens de petite taille fait boum, boum, boum dans leur poitrine, puis il s'arrête. Personne ne s'en aperçoit. Les nains sont fiers, ils cachent leur douleur derrière le masque que depuis leur plus jeune âge ils ont posé sur leur visage. Celui de Bébé semble dès lors subir une forme de dépérissement que les gens de la cour mettent sur le compte d'un vieillissement précoce.

Dans son *Mémoire sur les nains*, le comte de Tressan décrit ainsi l'état de Bébé : « Les forces commencèrent bientôt à s'épuiser, l'épine du dos se courba, la tête se pencha, ses jambes s'affaiblirent, une omoplate se déjeta, son nez grossit considérablement ; Bébé perdit la gaieté et devint valétudinaire. » Tressan explique ces déficiences par « la puberté qui produisit sur les organes de la génération un trop grand effet ». Apparemment, le comte ne connaît rien des peines de cœur des représentants du Peuple des nains. Il n'a jamais aimé Bébé.

Stanislas en revanche s'inquiète de voir son protégé dépérir à vue d'œil. Il l'installe pour un temps dans sa chambre.

Bébé veut une épouse. Pas une Marianne, mais une femme à sa mesure, pour un amour à sa mesure, c'est-à-dire fou. Stanislas l'écoute, il sait d'expérience que la plupart des amours ne sont point durables, qu'il en est comme du bois qui, à force de nous échauffer, se consume de lui-même. Que les premiers soupirs d'un amour fou sont les derniers de la sagesse. Le cœur de Bébé est fait d'un étrange emmêlement des deux. Lorsqu'il s'endort entre ses bras, le roi s'étonne chaque fois de surprendre autant de passion dans un si petit être. À croire que la douleur ne se condense jamais mieux qu'en proportion de l'âme qu'elle occupe.

Alors Stanislas promet : Bébé aura une épouse, une fiancée plutôt, mais après plusieurs années, le temps que Stanislas la trouve, remue ciel et terre de Lorraine, et découvre enfin Thérèse Souvray, jeune fille de quatre-vingt-dix centimètres avec laquelle Nicolas, au seuil de la mort, n'aura malheureusement pas le temps de se marier. Thérèse se produira bientôt à Paris sous le nom de la Fiancée de Bébé. Thérèse racontera qu'il s'était évanoui de bonheur en la voyant pour la première fois. Et d'autres anecdotes inventées de toutes pièces dont personne ne mettra en doute la véracité.

L'humanité est minuscule. Un pépin mal planté. Nicolas retournait parfois dans la cabane des jardiniers. Où la pénombre lui blessait le regard, l'odeur des pommes le cœur. Il ne s'y attardait jamais plus que quelques secondes. Le temps d'oublier son premier baiser.

Le nom

Les acacias en fleur balancent leurs grappes blanches dans le ciel de mai. Ils embaument la terre et le chant des oiseaux, leur parfum enivre, tout semble pardonné.

Nicolas se repose dans l'herbe, à l'ombre d'un bouquet d'arbres, comme une feuille que le ciel a lâchée. Une feuille desséchée. Depuis quelques semaines, son corps et son âme se sont mis à se flétrir sous un vent inconnu, sa peau se craquèle comme une résille de caramel, ses jambes le portent de moins en moins loin, ses os claquent comme des clés qui n'ouvrent plus de portes. Il n'en souffre pas pour autant, au contraire car il se sent de plus en plus léger, de plus en plus au bord du monde, à son chevet, l'esprit livré à un calme qui monte, monte doucement comme une goutte d'eau vers le soleil, s'évaporant. Tout le monde s'étonne de le voir si serein, si assagi, lui qui n'était que bonds, danses et facéties.

Après l'avoir ausculté, Casten Rönnow a noté dans son carnet combien son vieillissement prématuré s'accompagnait d'une clarté d'esprit telle qu'il n'en avait pas connue jusque-là. Dans une lettre à son frère Joseph-Alexandre, la princesse de Talmont écrit que bien loin de « perdre la tramontane », ou de « regimber contre le sort », Bébé « se paye désormais des choses obligeantes qu'on trouve l'occasion de dire aux femmes », que « ses paroles se teintent pour tous d'une bienveillance exquise ». C'est à peine si on le reconnaît, non seulement à cause de la sénilité de son apparence, mais une forme de sagesse paraît dicter sa conduite, une paix étrange baigne son regard, les mauvaises langues ont beau prétendre que la bêtise l'a envahi, chacun ne peut s'empêcher de vérifier à son contact combien son âme semble se libérer à présent du carcan étroit de sa chair.

Les pétales qui se détachent au vent lui font un habit blanc. Les abeilles bourdonnent, les hirondelles plongent dans le bleu du ciel. Nicolas est l'une d'elles, et une branche d'acacia, et son parfum aussi, plus rien ne le sépare du monde, de son chant, de son silence, l'herbe est un nouveau lit et l'azur sa parure. Aucune pensée n'en trouble l'horizon. Chaque gorgée d'air distraitement bue bouleverse l'âme, lui fait monter les larmes aux yeux. Elles roulent sur sa joue desséchée, Nicolas ne les essuie pas, pour une fois qu'il pleure, et sans raison encore : on rencontre quelques fleurs, on s'allonge et on pleure. Être là suffit. Respirer l'ombre des miels suffit. Suffit pour s'oublier.

Un soir qu'il n'arrivait pas à s'endormir, Piccolino lui avait expliqué comment cela s'était passé. À l'origine tout avait été séparé en deux, le haut, le bas, le chaud, le froid, l'hier et le demain, les hommes, le monde, tout s'était séparé l'espace d'un clin d'œil, tout avait été tranché dès la première seconde si l'on peut dire, parce que des secondes, il n'y en avait pas encore, mais bon, cela avait commencé de cette façon, et sans personne pour s'en rendre compte, bien sûr. Puis, on ignore comment, un atome s'était détaché, un grain de poussière ou de lumière qui avait donné naissance au père des Nains. En ce temps-là le dieu des hommes n'existait pas, Piccolino avait insisté là-dessus : le monde n'ayant pas atteint une épaisseur suffisante, le jour n'avait pas encore eu l'occasion de se retourner, ce qui, on le comprenait aussitôt, interdisait toute ombre de miséricorde. Le père des nains lui-même était à l'état d'ébauche – état dans lequel il resterait perpétuellement, ce qui, entre parenthèses, en faisait la grandeur – et il ne régnait que sur un demi-royaume. Le père des Nains n'a pas de mains, de pieds mais il se déplace et attrape ce qu'il veut, ou, ce qui est encore mieux, ce qu'il ne veut pas. Sans yeux, il voit, sans oreilles, il entend. Il connaît ce qui est à connaître quand personne ne le connaît. Plus petit que petit, il est pourtant plus grand que grand. Il ne se montre qu'au moment où il se cache ce qui lui permet de rester silencieux lorsqu'il parle. Piccolino ne l'avait évidemment jamais vu, mais le portrait qu'il en avait dressé, en tous points fidèle à ce qu'on en connaissait, permettait selon lui de l'imiter. C'était d'ailleurs ce que faisaient tous les enfants avec leur père afin de pouvoir se développer et grandir, non pas tant en taille, du moins en ce qui concernait les nains, qu'en sagesse, force et beauté.

Nicolas avait écouté Piccolino très attentivement. Son père à lui, il n'en garde aucun souvenir. Stan en a pris la place. Nicolas est son unique fils. Son prince. Son petit prince desséché.

Un gros nuage passe devant le soleil. Nicolas se lève, s'appuie sur la canne que le roi lui a donnée. Le pommeau est en or, gravé des deux B enlacés, le fût en jonc de Malacca, souple et léger. Les arbres eux aussi possèdent un père invisible, ils plongent leurs racines à sa recherche, loin dans la terre, sans jamais le rencontrer. Seules les sources leur répondent. Ou le vent peut-être, à la pointe des ramures, des fleurs. Et leur parfum s'élance à sa poursuite. Le père des arbres tient le monde entre ses branches mais personne ne le voit.

Le roi ne se déplace plus que dans un fauteuil à trois roues. Pour aller à la pêche au bord de la Vezouze – car il n'est plus question de chasses à cheval, de traque du gibier, de sang mêlé de terre sous l'aboiement des chiens –, on installe Stanislas dans sa voiture, on pose Nicolas sur ses genoux, et en avant ! Les valets ferment la marche, cannes et paniers en main. Le roi allume sa pipe, un ou deux courtisans se joignent au cortège, on devise en chemin, salue un jardinier, les roues crissent dans l'allée, puis on descend par un sentier vers la rivière, déplie une couverture à l'ombre sur laquelle Nicolas va s'asseoir pendant qu'on prépare la canne à pêche, le ver au bout de l'hameçon, l'ombrelle au-dessus du roi et la citronnade dans les verres. Le cours de la Vezouze miroite au soleil. Des araignées d'eau s'égayent sur son cristal. Les lentilles d'un vert tendre festonnent les bords, une odeur de vase fraîche s'élève du courant où nagent quelques poissons. Les courtisans se retirent, les valets se reposent sur le talus, Stanislas pique du nez et s'endort. Une feuille d'arbre glisse dans le courant et vient s'échouer sur la berge. Nicolas la libère du bout de sa canne, la suit des yeux dans le berceau de l'ombre.

Certains jours, on pousse jusqu'au petit ermitage de Sainte-Anne, à une demi-lieue du château. Quatre cénobites austères y jeûnent en pénitence au pain sec et à l'eau. Ils portent, paraît-il, sous leur bure une haire, méchante chemise de crin, ou un cilice pendant le travail, couchent à la dure, tête et pieds nus par tous les temps, vivent des fruits et des légumes qu'ils récoltent et que, pour en ôter la saveur naturelle, piège du démon, ils mêlent de cendres ou de l'eau saumâtre dans laquelle trempent leurs osiers. Leur peau tannée par le soleil et les privations ressemble au cuir d'une vieille gibecière. Âme et veines y affleurent trouées de deux yeux noirs et brûlés qu'ils baissent rapidement pour saluer le roi et Nicolas. « Regarde, Bébé, chuchote Stan, comment dans certains hommes les vertus sont si près de l'excès qu'elles sont presque aussi à craindre que les vices. » Nicolas les observe à tour de rôle, leur front creusé de rides, les mains noueuses, les lèvres gercées. Lorsqu'ils se penchent, leur dos s'arrondit à la façon d'un cerceau de bois prêt à rompre. C'est aussi que l'os appelle l'os et que Nicolas, s'il ne se trouvait pas assis contre le ventre épais et chaud de Stan, se sentirait l'envie de se précipiter dans les robes de bure des moines. Mais il n'a pas la force de descendre des genoux du roi, sa vie ne tient plus qu'à un fil se décousant de jour en jour.

C'était arrivé quelques semaines auparavant dans l'église Notre-Dame-de-Bon-Secours que Stan a fait construire pour son épouse et pour lui, et où il va souvent se recueillir. Le soleil y entre comme dans une maison, à travers les carreaux de hautes fenêtres, pour venir embaumer les bois dorés, les fresques, le marbre des autels, le biscuit blanc des ailes d'ange, le long pavement carrelé de noir et de blanc sur lequel Nicolas jouait autrefois à la marelle, sautillant de cases noires en cases noires, ou tournant autour des rosaces en attendant que le roi eût fini de prier. Cette fois il avait préféré s'asseoir pour regarder la Vierge, ses joues rondes et roses, sa petite bouche vermeille, son grand manteau jaune dans les plis duquel se presse un petit peuple agenouillé de rois, de moines et d'évêques aux mains jointes, pas plus grands que des nains et levant leur visage vers elle qui, là-haut, les ignore. Deux grands anges la couronnent surmontés d'une crème de nuages et d'angelots épaisse comme de la chantilly. Nicolas s'était tordu le cou à les contempler.

À quelques mètres de là, Stan débitait une longue prière devant le mausolée de sa femme : « Bien souverain et infini, disait-il, Dieu qui est mon tout, je vous aime de tout moi-même, de toutes les puissances de mon âme, et sans aucun partage de mon cœur pour les créatures, de mon cœur prêt à tout. » Il s'arrêtait un moment, puis reprenait : « Je vous aime plus que les richesses et les honneurs, plus que la sagesse et la perfection, plus que moi-même... » La litanie s'éternisait,

Nicolas s'ennuyait devant Notre-Dame dont il aurait bien rejoint le petit peuple nain, mais, placée sur un socle, elle semblait inaccessible, il eût fallu escalader les bois dorés et leurs cinq marches puis se hisser sur le socle. « Je voudrais vous aimer, s'il était possible, d'un amour divin, vous aimer autant que vous méritez d'être aimé… »

Nicolas avait alors traîné une chaise derrière l'autel, l'avait adossée au mur, calculant les points d'appui qu'il lui faudrait prendre, puis il avait grimpé dessus. C'est alors que quelque chose s'était passé en lui, une espèce de claquement, comme un crochet qu'on retire brusquement au montant d'un volet, et le volet s'ouvre, poussé par l'air, s'ouvre et s'immobilise et on reste au seuil du monde, à l'intérieur d'un lieu qui n'est plus tout à fait soi.

Une grande faiblesse envahit Nicolas, sa poitrine s'était vidée de son air, ses muscles de leur force, son âme de tout désir, il avait vu ses bras retomber le long de son corps, senti son regard se lever vers la Vierge, ne rencontrer qu'un halo vague ; une odeur de bougie ou d'encens l'enveloppait, chaude et appétissante comme au sortir du four, ses mains devenues glacées, son front brûlant. Puis, comme un vertige finissait de le convaincre que le haut s'était changé en bas, il s'était évanoui en une flaque de peau et d'âme, une flaque de nain Bébé sur le marbre du chœur.

Et la flaque avait compris une chose. Le fil qui le tenait en vie s'étirait nu, sans personne pour le tendre à chaque bout. Il avait déjà vu cela, sous la peau d'un automate, un ressort cassé qui pendait, accroché dans le vide. L'automate ne pouvait remuer ni jambes ni bras. L'architecte avait décrété l'automate hors d'usage. Le fil était cassé. Chez Nicolas il tenait encore en place mais de manière si ténue que la moindre tension menaçait d'en effilocher à tout jamais le crin. Comme aux archets trop usés, leur mèche échevelée incapable de produire aucun son. On les range alors dans un coin en attendant de les réparer. Nicolas avait décidé d'en faire autant, et depuis ce jour-là, dans l'église Notre-Dame-de-Bon-Secours, il n'avait plus parlé.

Les nains savent se taire. C'est au cœur des montagnes, des grottes et dans les terres fécondes qu'ils ont appris à garder le silence, être fidèles et obéissants. Aussi, une fois parvenus à la surface, ne se privent-ils pas de jacasser, de tromper leur monde et de faire des bêtises. L'équilibre des mondes est à ce prix. Mais au jour dit, ils savent tenir leur langue.

Nicolas est installé dans une chambre qu'il ne quitte presque plus, à côté de celle du roi. La fenêtre donne sur la grande allée du château. Montauban lui apporte ses repas auxquels il touche à peine. La princesse de Talmont passe le voir l'après-midi, accompagnée parfois d'une soubrette et d'un plateau de friandises. Panpan Devaux, sur l'ordre de Stan, vient lui faire la lecture le matin ou le soir. Quand il vient le visiter, le roi s'assoit sur le lit qui se met alors à tanguer dangereusement, il lui prend la main, lui rapporte les nouvelles de la cour, du dernier dîner où Treno s'est illustré par un plat succulent, des préparatifs de l'été, de l'arrivée prochaine d'Adélaïde et de Victoire. Ses bajoues lui font deux grosses larmes de chair, il sourit, reste un moment silencieux puis soupire et s'en va.

Lorsque le temps le permet, Montauban vient le prendre pour un tour aux jardins. Les courtisans le saluent au passage, mais à l'évidence ils le jugent taciturne, apathique. Certains le disent mourant. Le soleil lui brûle toujours plus la peau. Elle est si sèche à présent qu'on pourrait y écrire des poèmes. Le valet le ramène dans la chambre. On a changé les oreillers, les draps sentent le frais et la fleur d'oranger.

Le pas des chevaux, les roues d'un cabriolet dans l'allée, le roucoulement d'un ramier sur le toit, des rires surpris derrière les portes ravivent l'éclat du jour et le silence. De la même manière, sans qu'on les voie, les fleurs éclosent puis se fanent. On en distribue le parfum d'un revers de la main.

À la nuit venue, Nicolas se parle à lui-même, ou bien c'est à la lune qui croît et décroît. Les étoiles, elles, n'écoutent jamais ce qu'on leur dit. Elles préfèrent le chant des grillons, et moucheter le ciel. Pour les compter, il faut fermer les yeux, c'est Piccolino qui le lui a appris. Il est venu lui dire adieu. Il est temps pour lui de regagner le pays du peuple des Nains. Il a assez côtoyé les humains et leurs enfantillages. Il reviendra dans deux ou trois mille ans quand ils auront grandi. S'ils n'ont pas tous disparu d'ici là, évidemment. Inutile de l'attendre. Un chien aboie là-bas, dans le soir. La chandelle crépite et s'éteint. Seul le silence éclaire désormais la chambre.

Lorsqu'elle est arrivée, il ne l'a pas reconnue. À cause de sa robe en cretonne, peut-être, ou du contre-jour de la fenêtre, de sa façon d'entrer, la tête un peu penchée, et le sourire aux lèvres, discret, intimidé. Son teint est bien le même pourtant, entre le clair et le pâle qu'un peu de couperose dessille à présent dans le jour, avec le bleu des yeux tout juste délavé. C'est Stan qui l'a fait venir. Elle est seule. Le prend aussitôt dans ses bras. Comme dans un voile de douleur. Elle le serre contre elle, de toute la force des années, tendrement.

Malgré l'âge, les rides, les cheveux gris et fins, on dirait une petite fille qui ne comprend pas où elle se trouve, fait le tour de la pièce, regarde par la fenêtre, une fillette qui a apporté avec elle l'odeur de la ferme, le lait caillé des jours lointains, la suie des soirs autour du feu, puis qui s'assoit sur le lit, comme étonnée du lin des draps qu'elle lisse du plat de la main ; une petite fille qui borde sa poupée, la cajole, un peu gênée, tâte son front du bout des lèvres, se félicite qu'elle n'ait pas de fièvre ; une fillette soudain sérieuse qui lui parle de Dieu, des prières qu'il faut lui adresser, de la consolation qu'elles apportent et qui prépare au paradis. Nicolas l'écoute sans lui répondre. Ce qu'on raconte aux mourants, il l'a déjà entendu pour Madame Pompon, l'abbé était venu trop tard, ou trop tôt, cela n'avait pas marché, Émilie avait repoussé le prêtre. Et puis Nicolas ne connaît pas de prières, il n'a jamais réussi à en comprendre aucune, elles lui restent au bord du cœur. De plus, il n'a rien d'un mourant, au contraire, il ne s'est jamais senti aussi vivant, clair d'esprit, apaisé qu'en ce moment.

La petite fille se penche vers lui, c'est qu'il faut aimer Dieu, tu sais, et alors tes péchés te seront remis, ton âme deviendra toute légère pour monter jusqu'au ciel. Nicolas la regarde dans les yeux.

Ô Dieu, pense-t-il, je ne vous aime pas, je n'ai même pas envie de vous aimer. Regardez-moi, si vous le pouvez, je suis si petit, n'est-ce pas, vous m'avez bien raté, mais regardez-moi en passant, abritez-vous un moment dans ma chambre, dans mon âme, trouvez moyen d'y mettre un peu d'ordre, ou d'air, ou de souffle car j'aime le vent.

La petite fille l'a pris dans les bras et lui chante une berceuse. Sa voix lui rappelle celle d'avant sa naissance quand les mots n'avaient pas de couleur, qu'on en balbutiait chaque syllabe. La comptine dit : « À la claire fontaine, m'en allant promener, j'ai trouvé l'eau si belle que je m'y suis baigné. Il y a longtemps que je t'aime, jamais je ne t'oublierai. »

La petite fille ne sourit pas, ses lèvres s'avancent comme pour un baiser. Elle poursuit sa chanson. « Sous les feuilles d'un chêne, je me suis fait sécher, sur la plus haute branche, un rossignol chantait. Il y a longtemps que je t'aime, jamais je ne t'oublierai. »

Son visage est un ciel penché au-dessus de lui, un ciel de matin clair dont il aimerait caresser l'azur mais sa main s'est endormie sous la berceuse. Le ciel continue sa chanson : « Chante, rossignol, chante, toi qui a le cœur gai, tu as le cœur à rire, moi je l'ai à pleurer. Il y a longtemps que je t'aime, jamais je ne t'oublierai. »

Ô Dieu, se dit Nicolas, je ne vous demande rien, je ne veux rien recevoir de vous, je n'espère rien de vous. Je suis trop bas pour cela, ou vous trop haut, je ne sais. Mais il faudrait que vous vous penchiez mieux que vous le faites, que vous vous penchiez comme cette petite fille, avec des mains légères, des regards qui trouvent, une voix qui berce et des larmes dans les yeux. Ô Dieu, je ne vous demande rien, mon sac est déjà plein de choses cassées et inutiles, j'ai beau le vider, le temps que j'éternue mon âme s'envole, le sac se remplit, et il n'y a pas de place pour vous. Mais j'en ferai pour elle.

La fillette a reposé son poupon sur l'oreiller. Elle ne veut pas qu'il la voie pleurer. Elle se met à la fenêtre, le bleu du ciel dans ses cheveux. Un oiseau chante dans le parc. Elle se retourne et le regarde. Elle a essuyé ses yeux, et ses deux mains se joignent.

Ô Dieu, supplie Nicolas, je ne veux pas vous fuir, et je pourrais le faire car je connais des cachettes que même l'ombre ignore, des cachettes d'avant vous, en somme, d'avant le sommeil : il suffit de s'endormir pour en découvrir l'entrée. Et vous ne dormez jamais, à ce qu'on dit. Ô Dieu, je ne veux pas vous fuir, mais écartez-vous de moi, par pitié !

La petite fille a apporté une chaise près du lit, elle s'y agenouille et prie. Elle prie dans sa langue de demoiselle aux cheveux gris, avec ses mains de communiante, elle prie, les yeux mi-clos, la Vierge Marie, non pas celle de Bon Secours à la robe dorée et à la ceinture bleue, mais celle qu'on ne voit pas, à l'intérieur de soi. Elle garde le corps droit et la tête baissée. Le filet de sa voix s'écoule dans la pénombre.

Ô Dieu, geint Nicolas, je ne vous écoute pas, mes oreilles se sont transformées en deux totsches chaudes, vous pouvez les croquer, si le cœur vous en dit, et si le goût de la pomme vous sied encore. Ô Dieu, je suis si sourd que seul le silence peut me faire croire à votre amour. Permettez donc que je me taise.

La fillette a fini ses prières, elle ouvre des yeux étonnés, se signe, regarde sa poupée, passe une main dans ses cheveux, une idée semble la traverser, et sans un mot elle quitte la chambre.

Ô Dieu, se dit Nicolas, elle m'a abandonné !

Il pense à l'appeler, mais il faudrait rompre son serment, crier son nom, mais avec quelle voix, il n'est plus sûr d'avoir la force nécessaire, cloué qu'il est dans ce lit, sur cet oreiller trop moelleux. Et puis ce nom, il ne l'a pas prononcé depuis une éternité, même en esprit il n'arrive plus à le former, ou très mal, comme dans un rêve, quand tout vous retient en arrière, et que les sons vous restent au fond de la gorge.

Pourquoi est-elle partie ? Pour qui l'a-t-elle dépeuplé ? Et si vite ! Comme si elle n'avait jamais existé. Que sa présence n'avait été qu'une image détachée d'un livre, une image maintenue à bout de bras, à bout de prière, qu'on retire, et il n'y a aucune autre page à tourner. Les livres sont de méchantes boîtes qui ne répondent pas aux questions qu'on leur pose. Les livres ne pleurent pas. Ils sont cousus en fil épais, et quand on le défait toutes les pages s'éparpillent.

Ô Dieu, pense Nicolas, tu es odieux !

Il a fermé les yeux. C'est sa meilleure cachette. Dieu peut bien le chercher, il ne le trouvera pas. Lorsqu'il les rouvre, elle est là. Il ne rêve pas. Elle tient une tasse en porcelaine dans une main. L'autre, elle l'a passée sous lui pour le redresser. Tiens, bois, cela va te faire du bien. C'est du lait mêlé à de l'eau, du lait de chèvre, il reconnaît le goût. Le breuvage lui descend dans la gorge, comme autrefois, près du parfum des foins, frais, délicieux. La chèvre, son nom lui échappe, il la montait comme un cheval. Quelques gouttes débordent sur son menton, elle les essuie d'un coin de son mouchoir.

Tout lui revient. Il lui sourit. Elle repose la tasse sur la chaise.

Tu m'aimes bien, dis, Nicolas ?

Personne ne l'appelle plus ainsi.

Ô Dieu. Merci.

Oui, maman.

Épitaphe

Elle était restée au chevet de son fils trois jours et trois nuits. Bébé avait lutté, rassemblé le peu de forces qui lui restaient dans l'attente de Stan, parti à Nancy, dans celle de Zizi, mort depuis longtemps, dont on lui avait promis le retour et auquel il avait offert autrefois sa petite montre en or sertie de pierres fines, au cadran à cinq chiffres, car il ne savait pas compter au-delà. Mais comme ils ne venaient pas, lassé d'attendre malgré les bras de sa mère, leur berceau tiède, malgré son visage au regard triste et rêveur, il s'était décidé, à la sixième heure du samedi 9 juin 1764, à quitter ce monde.

Samedi est le jour de Saturne, le dieu qui dévore ses enfants, et il n'avait fait qu'une bouchée de Bébé.

On avait permis à la mère de veiller son enfant tout le dimanche suivant. Elle avait lavé son corps, l'avait revêtu d'une tunique blanche, et, à la clarté d'un candélabre, elle s'était mise à prier pour son âme dont elle était persuadée qu'ayant fait son purgatoire dans ce monde-ci elle irait directement au paradis.

Le roi une fois revenu, les médecins, sur l'ordre de Tressan, retirèrent le cœur et les entrailles de Bébé, les embaumèrent soigneusement comme pour les grands personnages, et on les porta en cérémonie dans un cercueil de plomb à l'église des Minimes de Lunéville où Stanislas fit graver sur un mausolée une épitaphe en latin dont voici la traduction :

« Ici ne repose pas le petit corps de Nicolas Ferry de Lorraine, et plus précisément du village de Plaine dans la principauté de Salm. Né le 14 novembre 1741, mort le 9 mai (*sic*) 1764, son squelette étant conservé dans la bibliothèque royale de Nancy. Plus qu'un caprice de la nature, c'était un nain remarquable par la petitesse et la grâce spectaculaires. Il mesurait en effet vingt pouces français et pesait sept onces, et avait bénéficié de la tendresse du roi de Pologne, Stanislas, Duc de Lorraine et de Bar. Il lui était cher en ce qu'il était d'une jeunesse apparente supérieure à celle qu'il portait. »

Contrairement à la plupart des êtres humains, les nains sont éternels parce qu'ils ont le courage et la détermination de maintenir en eux l'éternité. Non pas l'immortalité puisqu'ils meurent comme vous et moi, mais l'éternité puisqu'ils y sont voués dès leur naissance, si l'on peut dire, à une forme d'innocence perpétuelle dont chaque jour de leur vie, soumis à une souffrance continue du corps et de l'esprit, renouvelle l'éclat et la jeunesse.

L'éternité est un jeu où qui perd gagne.

Celui du nain Bébé était apparu en 1760. C'est un jeu de cartes. Les enfants peuvent y jouer à partir de l'âge de cinq ans. Il se présente sous la forme d'une boîte à cinq compartiments contenant, respectivement, gravés en couleur, le dix de carreau, le roi de cœur, la dame de pique, le valet de trèfle. Le sept de carreau, au centre, figure le « nain jaune », Bébé, qui, parce qu'il est symbole de colère, de dispute, de contestation et de railleries, est la carte sur laquelle la mise est la plus importante. J'y ai joué en famille, avec des jetons de couleur. Lorsque, par chance, le sept de carreau me tombait entre les mains, je frissonnais de plaisir.

Nicolas n'a pas pu éprouver ce frisson. Les cartes lui étaient étrangères.

Quant à Stanislas, il est déjà presque aveugle à cette date. À la mort de Bébé, il perd ses dernières dents, il est obèse, malade et fatigué. Les années lui sont comptées. « Je ne connais d'autre avarice permise que celle du temps », écrit-il à sa fille qui ne peut quitter la cour de Versailles pour venir le voir. Nicolas lui manque. Parfois il croit l'apercevoir au détour d'un couloir, ou jaillissant d'un jupon, d'un bosquet lors d'une promenade en voiture. Malgré sa surdité, ou grâce à elle, la chère voix aigrelette lui résonne encore aux oreilles. Si Bébé est au paradis, il doit bien s'amuser.

Le 5 février 1766, vers sept heures et demie du matin, à l'aube à peine levée, il fume sa première pipe, assis dans son fauteuil, devant la cheminée où flambe un grand feu. La mémoire d'un vieil homme est faite d'enfance et de chagrins. Celle de Stanislas a brûlé ses armées. Le grand livre d'images saute de page en page, au hasard, Bébé y figure en bonne place, à chaque marge. Dessiné au pastel comme le roi aimait à le représenter, ou peint à l'huile, en veste de hussard, et le petit diable ne tenant pas la pose plus de cinq minutes, il fallait s'y reprendre en promettant des friandises. Ou en faïence de Lunéville, colorée avec minutie, car la région possède d'excellents ateliers. Bébé, si fragile dans la porcelaine des jours.

Le roi tire une bouffée de sa pipe. Les flammes font danser les ombres dans la chambre. Les grands rideaux de la fenêtre sont comme agités de silhouettes indécises, elles serpentent dans la cotonnade, la gonflent par instants, s'en détachent comme font les dames qui viennent vous visiter à l'improviste. Stanislas en suit les ondulations, les métamorphoses successives, il n'a pas peur, l'une d'elles paraît même s'approcher de lui. Mais c'est une voix qu'il entend en premier, celle de Bébé, qui l'appelle par son nom. L'ombre a la forme du petit homme. Elle est en habit de paysan, comme la première fois où on lui avait amené Nicolas. Il s'en souvient comme d'hier, l'enfant avait ébauché une révérence mal apprise et d'autant plus charmante. Il lui arrivait tout juste à hauteur du genou, Stanislas s'était cru de la taille d'un géant. La mère l'avait poussé vers lui mais il n'avait pas osé le prendre tout de suite dans les bras.

L'ombre danse à présent, tourne et virevolte sans musique, Stanislas l'observe, il se rappelle les hautbois, le luth et les bassons, et déjà la voilà qui s'éloigne, se mêle à l'aube des carreaux, quel dommage ! Alors le roi se lève du fauteuil, secoue les pans de sa robe de chambre en soie des Indes, venez, Bébé, que je vous vois de plus près, venez faire votre compliment à votre Papino, et un côté de la robe prend feu ; il pousse un cri, tente d'étouffer la flamme, la manque de peu et tombe devant l'âtre, la main gauche en plein dans les braises ; son bonnet s'enflamme à son tour, le feu court sur son ventre, il crie, appelle ses gens, mais personne ne vient. La nuit grésille sous la peau. L'ombre de Nicolas s'évanouit dans le matin. Stan avec elle.

Lorsque les valets accourent, le roi est inconscient, la robe et le bonnet en feu. On lui ôte ses vêtements, l'enveloppe dans des couvertures, le transporte dans son lit. Sa main, du poignet jusqu'aux ongles, la moitié du visage, cils et sourcils, la cuisse gauche et la paroi abdominale sont brûlés. Casten Rönnow et ses confrères constatent les blessures. Si celles du visage et de la cuisse sont relativement superficielles, les lésions au ventre ont touché la totalité du pannicule adipeux, pourtant épais de huit centimètres, et la main est brûlée aux trois quarts. Le roi a repris ses esprits, plaisante sur son état, ne s'est-il pas toujours enflammé durant sa vie, surtout pour les choses de l'amour. Les médecins lui appliquent des pansements imbibés de pommade de Saturne, d'eau de Goulard, puis d'un mélange de baume d'Arcéus, fait à base de térébenthine, d'élémi et de suif de mouton. Le traitement, s'il fait effet sur la face et la cuisse, ne donne aucun résultat sur le ventre dont les ulcérations profondes deviennent de plus en plus « avides » au point de faire apparaître, au bout d'une semaine, des premiers signes de septicémie.

Stanislas ne souffre pas, ou plutôt, si une partie de son corps endure une douleur insupportable – et l'odeur des chairs corrompues et de baume qui s'en échappe est à soulever le cœur – son âme n'en éprouve plus l'atteinte. Comme si elle ne désirait pas adhérer plus longtemps à une existence de seconde main. Les longues maladies usent la douleur, les longues espérances, la joie ; et les longues vies, la vie.

Bébé avait compris cela bien avant lui.

C'était le jour de la visite d'Adélaïde et de Victoire, ses petites filles. Stanislas avait surpris Bébé, que l'on cherchait partout, au milieu du Rocher des automates, une dague en main, en train de découper le pourpoint d'un homme portant un baluchon. Sa première réaction avait été de tancer sévèrement le nain mais il s'était ravisé en voyant le soin avec lequel il fourrageait dans l'automate, les exclamations qu'il poussait. Il s'était approché silencieusement et, comme Bébé en était arrivé à la mécanique, il lui avait demandé d'une voix forte ce qu'il faisait là. Nicolas s'était retourné, sursautant, lâchant sa dague, puis, reprenant son air fier : « Je le répare, comme vous voyez. »

Stanislas avait secoué la tête, décidément le cher petit n'avait plus toute la sienne, les rouages du pantin baillaient dessous sa chemise. « Ce que je vois surtout, c'est que vous l'avez abîmé tout de bon », avait-il répondu. Bébé avait haussé les épaules, ramassé sa dague, fouillé dans l'automate, retiré un gros ressort qu'il avait tendu victorieusement devant lui. « Et comment vit-on, selon vous, avec une âme si rouillée ? », s'était-il exclamé. Puis il avait fourré le ressort dans la poche de sa veste et planté là le roi.

Stanislas, dans son lit, sourit à ce souvenir. Son âme à lui, pour n'être point rouillée, n'en est pas moins en mauvais état. Les médecins s'activent, l'air inquiet. Ils ont fait venir des confrères de Nancy, un chirurgien du régiment du roi, le président du Collège royal de médecine, qui ont prescrit une décoction de quinquina et de nitre, puis d'ilium et d'eau de Luce qui le ranime un peu. Mais les plaies suppurent en abondance, produisant des escarres gangréneuses, libérant un liquide ichoreux et fétide.

La marquise de Boufflers se tient au chevet de Stanislas, puis c'est au tour du marquis de La Galaizière et de Panpan Devaux, d'Alliot, de Tressan et de l'abbé Coyer. D'autres aussi sont venus. Les automates pleurent, le nez dans un mouchoir, le parquet craque sous leurs pas, leurs péchés leur sont pardonnés, qui ne font pas plus de bruit que des souris derrière le mur. Dehors, l'éternité a pris ses quartiers d'hiver.

Stanislas regarde l'aube se lever. Montauban l'a transporté dans son fauteuil, son corps ne supporte plus le contact du lit. Un soleil bas allume la brume. L'heure approche.

Pour l'occasion, Bébé a mis sa perruque et son habit de grenadier. Il est temps de lever le camp. Les troupes sont prêtes pour le départ. Elles ont hâte de conquérir le royaume. On n'attend plus que l'ordre du roi. Ah ! il allait oublier le principal ! Il dépose son bâton de parade, cherche dans sa poche, en retire un ruban de métal. Stanislas reconnaît le ressort pris à l'homme mécanique. Il brille dans ses mains, flambant neuf.

Voyez comme je l'ai réparé !

Bébé esquisse un pas de danse. Passe le ruban au cou du roi.

Stanislas sourit une dernière fois.

Pour vous servir, Majesté !

Merci Bébé.

Collection *La rencontre*

Serge Airoldi, *Rose Hanoï. Rencontres avec la couleur*, 2017
(prix Henri de Régnier de l'Académie française 2017)

Nathalie Azoulai, Serge Toubiana, *Ozu et nous*, 2021

Jean-Christophe Bailly, *Café Neon et autres îles. Chemins grecs*, 2021

Dominique Barbéris, *Un dimanche à Ville-d'Avray*, 2019
(deuxième sélection du prix Goncourt 2019, finaliste du prix Femina 2019)

Olivier Baumont, *Tombeau du jeune monsieur de Cinq-Mars*, 2021

Antoine Billot, *L'Année prochaine à New York. Dylan avant Dylan*, 2017

Philippe Bonnin, *Katsura et ses jardins. Un mythe de l'architecture japonaise*, 2019

Thierry Clermont, *La Balade de Galway*, 2021

Collectif, *La littérature est une rencontre*, 2016

Michel Crépu, *Beckett, 27 juillet 1982, 11 h 30*, 2019

Christian Doumet, *L'Évanouissement du témoin*, 2019

Hervé Dumez, *Incertain Paul Valéry*, 2016

Christophe Etemadzadeh, *La Vie sans savoir*, 2021
(sélection du prix Jean-Jacques Rousseau de l'autobiographie 2021, sélection du prix Khôra-Institut de France de l'essai littéraire 2021)

Élisabeth Foch-Eyssette, *On ne peut pas toujours voyager mais on ne peut pas toujours rester au même endroit*, 2018

Vincent Hein, *La Disparition de Jim Thompson*, 2021
(deuxième sélection du prix Femina 2021)

Stéphane Lambert,
Avant Godot, 2016
(prix Roland de Jouvenel de l'Académie française 2017)

Fraternelle Mélancolie.
Melville et Hawthorne, 2018

Visions de Goya.
L'éclat dans le désastre, 2019
(prix André Malraux 2019)

Paul Klee jusqu'au fond de l'avenir, 2021

Gérard Macé, *Le Navire Arthur et autres essais*, 2020.

Yannick Le Marec, *Constellation du tigre*, 2021

Brice Matthieussent,
Les Jours noirs, 2019

Amérique fantôme, 2021

Akira Mizubayashi, *Dans les eaux profondes.*
Le bain japonais, 2018

Sébastien Ortiz, *Dans un temple Zen,*
Rencontre avec Guillaume Apollinaire, 2017

Benjamin Pelletier, *Les Années discrètes.*
Territoires de l'enfance, 2018

Marc Petitjean,
Le Cœur.
Frida Kahlo à Paris, 2018

L'Ami japonais.
Kunihiko Moriguchi, Trésor vivant, peintre de kimonos, 2020

Olivier Rasimi,
Cocteau sur le rivage, 2019

Bébé, 2021
(première sélection du prix Renaudot essai 2021)

Patrick Roegiers, *Éloge du génie.*
Vilhelm Hammershøi, Glenn Gould, Thomas Bernhard, 2019

Gemma Salem, *Où sont ceux que ton cœur aime*, 2019

Jean-Jacques Salgon, *Des graffs dans la nuit. De la grotte Chauvet à Judit Reigl*, 2021

Olivier Schefer,
Un seul souvenir, 2016

Une tache d'encre, 2017

Conversations silencieuses.
L'art, la beauté et le chagrin, 2019

Un saut dans la nuit, 2021

Bruno Smolarz, *Giorgio Morandi, les jours et les heures*, 2016

Brina Svit, *Le Dieu des obstacles*, 2021

François Warin, *Au commencement la beauté*, 2020

Natacha Wolinski, *Son éclat seul me reste*, 2020

ACHEVÉ D'IMPRIMER
EN OCTOBRE 2021
DANS LES ÉCLATS DE RIRE DE BÉBÉ
ET LE FEU CACHÉ DES FEUILLES MORTES
SUR LES PRESSES
DE CORLET
À CONDÉ-EN-NORMANDIE
CALVADOS

PEFC™
10-31-1510
Certifié PEFC
Ce produit est issu
de forêts gérées
durablement et de
sources contrôlées.
pefc-france.org

IMPRIM'VERT®

Numéro d'édition : 1272
Numéro d'impression : 21100596
Dépôt légal : août 2021
Imprimé en France